U0036136

魔豆

魔豆

魔豆

光之祭司
Priest of Light
1
vol.
香草——著

光之祭司

Priest of Light

目錄

丹尼爾
半精靈，弓箭手。
擁有空靈的外貌，卻個性彆扭，行事粗魯。
布倫特
龍族（火龍）。
冒險團隊隊長，高大健壯，沉穩又可靠。
Priest of Light
光之祭司
CHARACTERS

艾德
人族祭司。
體弱多病，但身懷強大的光明之力。
埃蒙
獸族（猞猁）。
活潑開朗，某方面卻很自卑。極有殺手天賦。
貝琳
獸族（獰貓）。
外表溫柔，性格卻頗為強勢。擅長各種武器。

01.
冒險者們

「人類」，在魔法大陸上是一個讓各種族非常痛恨的存在。

即使這個曾經昌盛蓬勃的種族已因爲自身的錯誤而自取滅亡，對於每一個深受魔物之害的種族來說，他們永遠放不下對人類這個始作俑者的厭惡與憎恨。

人類是一個很特別的種族，他們的個體實力不及龍族強大，壽命不如精靈族與妖精悠長，也沒有獸族的天賦技能。這麼一個看似事事不如別人的種族，卻曾經是魔法大陸中各大種族之首。

這個種族很特殊也很矛盾，他們既脆弱又強大。有時候很貪婪，有時候卻又能展現出無私的一面。

龍族強大高傲、精靈纖細優雅、妖精純眞善良、獸族崇尚本能……然而沒有任何一個形容詞可以用來含括「人類」這個種族。這個種族彷彿包含了所有特質，有著各種各樣的可能性。

這是一個由人類、龍族、精靈、妖精、獸族五族鼎立的時代，即使他們偶有磨擦，卻也互相尊重，共同生活在魔法大陸上。

然而這個平衡，卻在一夕之間被打破！

人類是所有種族中唯一擁有宗教信仰的。他們信仰著光明神，但有些人為了獲得更強大的力量改而信仰惡魔。

這些神與魔在各種族眼中都只是些虛無縹緲的存在，比如能夠利用聖光治療的祭司，對其他種族來說只是些能夠使用光之元素的特殊魔法師而已。那些宗教傳說，他們也只覺得是些有趣的神話故事罷了。

邪教徒偶爾能夠從未知的異界召喚出各式各樣魔物，這些來自異世界的魔物殘忍嗜殺，可自有光明神教對抗它們，因此各族一直把宗教之爭視為人類的內戰，從未有所干預。

因此當他們得知人類的邪教徒竟然真的成功打開了異界之門，一切已經太遲！

人類國度被死氣籠罩，大量魔物蜂擁而出！

不多時，龐大的人類帝國處處充斥著死亡。各種族收到消息時，已經有不少魔

物跑到他們的領地裡，根本自顧不暇。

當他們把入侵的魔物消滅得差不多、總算有時間去關注人類的情況時，人類的國度早已淪陷，再也沒有任何活口。

所幸異界連接魔法大陸的通道不知怎地收窄了不少，雖然並未完全封印，依舊不斷漏出死氣，可魔物已無法輕易從通道過來了。

這個連接著異界、純黑得完全看不見底的黑洞，後來被各種族稱之爲「深淵」。

這些年來，大量死氣與魔物聚集在人類領地，它們不斷試圖入侵其他種族，鮮血與戰火蔓延了開來。

對於招惹了魔物的「人類」，各種族自然滿心厭惡。只是人類都已經滅絕了，即使再不喜他們，也只能把這口惡氣悶在心裡。

不是沒有人嘗試封印深淵，可惜連個體實力最爲強大的龍族，在接近深淵時也會遭死氣侵蝕。那些試圖封印深淵的人，不僅皆是失敗收場，更有不少把命都丟了。

失去眾多英雄後，各種族終於打消封印深淵的念頭，更改了對抗魔物入侵的策略。

人類的領土正好被其他四大種族包裹在中心，於是各種族同心協力設立了一個結界，先將魔物的活動範圍限制在人類領地，再每年進行征戰，努力奪回那些被魔物吞併的土地。

多年過去，這個計畫有著一定的成效，各種族的領土獲得不同程度的增長，然而死氣無窮無盡地從深淵散逸出來，已開始侵襲阻擋魔物的結界。再這麼下去，終有一天魔法大陸上的種族都會被死氣吞噬。

他們不怕與魔物交戰，魔物再難纏，最後總能殺死它們，但眾種族卻找不到有效對抗死氣的方法。唯一能以緩慢、微不足道的效率淨化死氣的種族，就只有崇尚自然之力的妖精與精靈族而已。

在許久以前，大陸上曾有一種力量能夠剋制暗黑死氣，便是人類從信仰中獲得的光明之力。

然而很諷刺的是，這種力量隨著人類的滅亡，也在大陸上徹底消失。

各種族不是沒研究過聖光、這個死氣的剋星，不過要獲得驅使光元素的力量，必須打從心底信仰光明神。

可惜除了人類以外，其他種族都是無神論者。以往他們嘲笑人類的信仰很矯情，與其花時間祈禱，不如信奉自身的力量。到了現在，他們卻突然懷念起那些神神叨叨的祭司們了……

既然暫時找不到消滅死氣的方法，眾人便把注意力放在魔物身上。各種族的首領都大力鼓勵子民練武，於是出現愈來愈多獵殺魔物的冒險者，這個職業一時蔚爲風潮。

畢竟機遇與危險並存，獵殺魔物雖風險高，但所獲得的獎勵可是很豐盛的。有被魔物殺死、英年早逝的冒險者；多殺幾頭魔物，舒舒服服退休的冒險者亦大有人在。

再加上魔物橫行多年，魔法大陸上的種族們或多或少都仇視著魔物，甚至有不少人親朋好友就死在魔物手上。

成爲冒險者既能獲得眾人的尊敬又能夠復仇，而且還可以得到不錯的報酬，誰不想加入他們的行列。

冒險者的存在，暫時牽制了魔物入侵的腳步。

然而眾人心裡也清楚，一天不徹底封印深淵，任由死氣不停洩出，總有一天魔法大陸會變成寸草不生的死地。

在那充斥著死氣、令人聞風喪膽的結界內，四名冒險者於廢墟中緩步前進。

這裡是人類的遺跡。人類曾是人口最多的種族，同時也擁有最爲遼闊的領土，他們滅絕以後留下了眾多破舊的荒城。

這些遺跡大多成了魔物的巢穴，各種族這些年來致力於收復這些土地。有些遺跡被夷平重建了，但大部分都被保留了下來。

畢竟即使是繁殖能力不遜於人類的獸族，人口也遠遠比不上人類的數量，更別說壽命漫長、繁衍不易的龍族與精靈、妖精了。

簡單來說，即使把土地奪回來，他們根本也用不上，於是便任由那些遺跡一直存在。不少冒險者會到這些遺跡探索，有時候能獲得人類遺留下來的財寶。

只是這四名冒險者此刻身處的遺跡卻並不是四大種族收復回來的土地，他們正踏足在魔物的領地裡！

即使他們所在位置鄰近結界，遇上危險較易脫身，但沒有足夠實力的人，是不會膽敢在魔物領地逗留的。

別說在結界內神出鬼沒的魔物，光是四周充斥著的暗黑死氣便能夠要人命。

仔細看去，能看見這幾名冒險者的肩膀纏著一截藤蔓，藤蔓雖然小小的毫不起眼，卻散發著令人心曠神怡的自然氣息。

正是這藤蔓散發的自然氣息爲冒險者們驅除了暗黑死氣所造成的負面影響，讓他們得以在此處行動自如。

能驅使這種生命力強大的藤蔓，隊伍中必定擁有一名實力強大的精靈族成員。

確實，這四名冒險者之中，便有一個長相英俊的精靈。

精靈族的美貌舉世聞名，他們有著空靈的容顏及修長纖瘦的身材，舉止優雅，愛好和平與自然。

這名精靈族的冒險者也確實有著令人驚歎的俊美臉龐，即使斗篷兜帽遮掩了代表著精靈族身分的尖長耳朵，然而只要看到他貌美的五官，以及從兜帽裡流瀉而出的銀白長髮，誰也不會質疑他精靈族的身分。

但再仔細一看，卻發現這名精靈的神態氣質與一般精靈有著很大的差異。一身的痞氣破壞了應有的優雅，眉宇間隱隱帶有戾氣，一雙銀灰色眼瞳銳利而冰冷，不僅絲毫沒有精靈族天生的親和力，甚至還給人很不好惹的感覺。

這支冒險小隊成員不多，除了這個看起來完全不像精靈族的精靈外，就只有另外三人。

其中一個是高大的青年，他有著一頭如火般的紅色短髮，以及亮眼的金色瞳孔。

雖然外貌不及精靈讓人驚艷，然而一身穩重的氣息與臉上堅毅的表情，卻給人非常可靠的感覺，讓人不由自主地想要親近，比那位一看便知道不好惹的精靈更具親和力。

剩下的兩名冒險者，是一對獸族姊弟。

他們除了擁有相似的相貌，還都有著貓科動物的耳朵與尾巴，以及一雙灰綠色貓瞳。

獸族少女看起來是個溫柔知性的美麗女性，一雙貓耳從棕褐長髮中露了出來，耳朵的頂端還長有長長的黑色毛髮，看起來就像短短的雙馬尾，萌萌的貓耳爲她增添了些俏麗可愛。

與少女相像的獸族少年，頭上的一雙貓耳末端同樣有著萌萌噠的黑色毛髮，但仍有著不少相異之處，從中可看出兩人的獸體應該是不同的貓科動物。

有別於姊姊棕褐的髮色，少年的頭髮是沙灰色的。獸族少年雖然長得比姊姊略高，但也許因年紀尚輕，以男性的體格來說算不上強壯。再加上他一臉青澀，看起來實在很好欺負。

如果有人看到這四名冒險者的組合——尤其看到那名精靈脫下兜帽的樣子——即使只是初次見面，也會有不少人能猜出他們的身分。

因爲這支四人冒險團在魔法大陸實在太有名了！

他們分別是精靈女王已故的妹妹的兒子丹尼爾、龍族長老的兒子布倫特、獸王的一雙兒女貝琳與埃蒙。

四個妥妥的權二代！

再加上身分尊貴的他們在族裡有福不享，反而跑出來組成了冒險團，更是讓他們帶有一絲傳奇色彩。

然而四人之所以如此出名，還不只因爲這些原因。

他們都有著與種族特性相異的性格，在自身種族中顯得格格不入，最終才選擇離開族群，成爲冒險者。

有人對他們抱持著同情，有些人則嘲笑他們幾個奇葩是在抱團取暖——雖然後者的下場，一般都是被性情凶悍的丹尼爾胖揍一頓。

久而久之，這個只有四名成員的小隊在冒險者中廣為人知，更傳出了人見人怕的凶名。眾人雖然對他們非常好奇，卻也只能選擇敬而遠之。

無論對這四人的評價如何，誰也不能否認，這支冒險團的實力真的很強。

而且就像普遍評價一樣，成員全都是奇葩。

不……如果被那些人知道他們之所以會進入魔物領地，只是為了追一隻把丹尼爾掉落的鈕釦叼走的小鳥……便不會說他們是奇葩，而是叫他們神經病了。

這片土地的舊主人人類已滅絕多年，城鎮早成為了廢墟。大量建築物倒塌，其上覆蓋不明植被，只是受到暗黑死氣影響，這些植物要不是異變成黑暗物種，便全都蔫蔫的，離枯萎不遠。

精靈族對植物有著強大的親和力，特別喜愛自然。即使丹尼爾只是個半精靈，可在這種充斥死氣的環境下，本就不好的心情變得更差了。他敏捷地在瓦礫與這些外形詭異的植物間挪騰，很快便追上那隻叼著他鈕釦的小鳥。

這位脾氣暴躁、凶名遠播的精靈拔出箭筒中的箭矢，動作俐落地往小鳥射出一箭！

精靈族的箭筒是有生命的，是他們用自然之力所改良的植物，箭矢是箭筒催生出來的一部分。因此精靈族的箭矢總是取之不盡，而且還能隨他們的意志改變成各種形態。

像這支丹尼爾射出的箭矢，接近小鳥時就變成了一張藤蔓組成的網，穩穩抓捕住小鳥，既阻止牠逃跑，也沒有傷及牠分毫。

被抓住的小鳥嚇得呆掉了，嘴巴一鬆，原本叼著的鈕釦便掉落在地，讓丹尼爾順利收回。

丹尼爾成功抓住小鳥的同時，他的其他同伴也趕過來了。

貓科獸族雖然沒有精靈族來得輕盈，但行動靈活，因此速度並沒有比丹尼爾遜色多少。倒是龍族實力雖強，但人形時在輕巧敏捷上卻遠遠不及他們，獸族姊弟來到後過了一會，布倫特才追了上來。

貝琳撥了撥因為奔跑而有些散亂的頭髮，微笑道：「幸好你成功抓住了牠，不然這隻小鳥笨笨地往這裡飛，只怕很快就會變成魔物的點心。」

要知道結界的力量只針對魔物，其他生物是可以自由出入的。然而由於結界內遍布死氣，動物的感覺很敏銳，因此通常不會往裡跑。

就是不知道這隻小鳥怎會呆呆地直往裡頭闖。

丹尼爾冷哼了聲：「我只是要拿回我的鈕釦而已。這是我的東西，我就是不爽被那些笨鳥拿走。」

貝琳聞言微微一笑，沒有多說什麼，可她心裡對丹尼爾的鬼話一句也不信。

雖然丹尼爾粗魯、暴力、脾氣壞，與一般精靈可謂兩種完全不同的畫風，但他也擁有一些精靈族的特性，比如他是個素食主義者，又比如他很喜歡小動物。

丹尼爾沒有再理會貝琳，他讓藤網變回了箭枝，並且眼明手快地一手抓住想要飛走的小鳥。

兔子急了也會咬人，別看這隻小鳥只有手掌般的大小，被丹尼爾抓住後，小鳥狠狠啄了他的手一下。

精靈的脆皮程度僅次於妖精，小鳥的這一口立即讓丹尼爾見血了。

埃蒙見小鳥這麼驚惶，又看到丹尼爾變得愈來愈黑的臉，心直口快地詢問：

「呃……丹尼爾你沒事嗎？你不行的話，要不我幫你抓著牠吧？」

丹尼爾聞言挑了挑眉。他這人戾氣重，冷著臉不說話時看起來特別難相處，偏偏埃蒙有著小動物般的直覺，從未被對方的冷臉嚇怕過。

相較於被小鳥啄得出血，埃蒙的關心讓丹尼爾更加不爽。

誰說我不行？

丹尼爾語氣很衝地懟了一句：「我還不至於那麼廢物。」

埃蒙完全不明白爲什麼自己關心了丹尼爾後，他更加不高興了。少年無辜地睜大一雙貓兒眼，看得貝琳母性氾濫，不高興地擋在自家弟弟身前：「丹尼爾，你別欺負埃蒙！」

看到兩人有吵起來的趨勢，布倫特立即上前勸架：「貝琳，丹尼爾沒有別的意思，妳也不是不知道他看人素來都是用這種眼神……」

布倫特不說還好，一說貝琳便忍俊不禁：「對啊！丹尼爾一向都是惡人臉，怎樣看都不像好人。好吧，他長著壞人臉已經很可憐，我就不與他計較了。」

埃蒙這人就是天然呆，到了此時仍是鍥而不捨地關心著丹尼爾：「那隻小鳥又啄你了……」

結果丹尼爾依然是那副睥睨天下的模樣，再次冷哼了聲。

貝琳頓時不樂意了，平常她脾氣很好，說話也是溫溫柔柔的，然而事情一涉及弟弟，便會變成護崽的母獅：「喂！你這人就不能好好說話嗎？」

布倫特苦惱地揉了揉額角，隨即代替死要面子、還不願意接受同伴關心的丹尼爾向埃蒙解釋：「埃蒙，這只是小小的皮外傷而已。這裡滿布暗黑死氣，丹尼爾有自然之力護身，受點傷不礙事。要是你被小鳥啄傷了，倒是比較麻煩呢。」

埃蒙聞言也想起這點，雖然他自覺沒有精靈族那樣細皮嫩肉，可既然丹尼爾堅持，那他便沒有繼續堅持下去：「我明白了，丹尼爾眞是個體貼的好人！」

如果不是因爲他們此刻在魔物的地盤，擔心做出太大動靜會引來魔物，貝琳差點忍不住大笑出聲。

哎呀我的傻弟弟，你眞是太甜了！

被發好人卡的丹尼爾額頭都暴起青筋了，只是他忍著脾氣沒有發作。畢竟眼前的獸族小鬼根本完全不怕他，繼續說下去只會是自己被對方氣得吐血吧！

四人進入魔物地盤已有一段時間，既然抓到了小鳥，便不宜在此處久留。

誰知道就在埃蒙轉身離開之際，腳卻誤踩了一些受暗黑死氣影響的變異植物。那些植物噴出一陣黑色煙霧，雖然不知道對人體有沒有害，但怎樣看都不像好東西啊！埃蒙怪叫一聲連忙避開，結果卻撞到站在他旁邊的丹尼爾。

丹尼爾被埃蒙撞得失去平衡，踉蹌著往後倒，忙亂間鬆開了抓著小鳥的手，扶住了一旁的石碑這才沒有摔倒。

小鳥掙脫丹尼爾的束縛後並沒有立即逃走，而是飛到高處的建築物殘骸上，警戒地盯著他們。

受傷的手壓在石碑上，丹尼爾頓感一陣刺痛，不禁皺起眉頭。看到自己闖禍了，埃蒙立即連連道歉。

除了壓到傷口外，丹尼爾還弄得滿手都是灰塵。他扶住石碑時把上面厚厚的灰塵抹走了部分，卻在不經意間看到灰塵下似乎雕刻了一些文字？

受好奇心的驅使，丹尼爾伸手把石塊上的灰塵大範圍抹除，果見上面刻劃著不少文字。

現在在魔法大陸上，能夠看得懂人類文字的人已經沒有多少，然而丹尼爾小時候曾在人類的城鎮中生活過一段時間，正好是懂得這些文字的人。

「這是……祝禱詞？」

丹尼爾心裡好奇，下意識邊思考著邊把石塊上的文字唸了出來。

隨即一陣地動山搖，一道溫柔、聖潔的純白光束，展現在丹尼爾身前！

02.
最後的人類

丹尼爾被突如其來的異狀嚇了一跳，站在高處的小鳥則彷彿受光柱吸引一般，拍動翅膀飛進其中。

雖然這道光束給人的感覺溫暖舒適，然而丹尼爾卻無法確定它是否無害，下意識便伸手想把小鳥抓回來。

當他的手探入光柱，馬上就爲自己的魯莽感到後怕。萬一這光柱對人體有害……還不待丹尼爾細想，沒入光柱的手已抓住了某樣東西。他在立即鬆手退後與把那東西拉出來之間猶豫半秒後，決定遵從自己的好奇心，抓住這不明東西，把它從光柱中拉出。

結果這一拉嚇了他好大一跳，他竟然從光柱中拉出了一個活生生的人！

這是一個有著淡金髮色、大約二十歲左右的青年。青年長相俊秀，蒼白的臉色給人病弱感。

青年雙目緊閉似乎失去了意識，丹尼爾連忙把人接住，以免他摔倒在地。

青年被丹尼爾拉出光柱後，光柱便像完成了使命般一下消散，飛入光柱的小鳥卻是不見了，只是現在誰也顧不著牠，目光全都落在那個從光柱中出現的青年身上。

布倫特等人被這突如其來的狀況嚇到了，他們迅速來到丹尼爾身邊，邊警戒邊打量著這個昏睡青年。

「怎麼我覺得他的樣子有些熟悉？就連他穿的衣服也很眼熟……對了！我想起來了！這是人類祭司的衣服，所有種族中就只有擁有信仰的人類會穿這種衣服，難道他是個人類!?」最爲年長、曾經歷過人類全盛時期的布倫特倒吸一口氣。

仔細一看，果見青年沒有獸族的獸耳與獸尾，也沒有精靈的尖長耳朵、妖精略帶下垂的三角耳，以及龍族的長角。

猜出眼前神祕青年的身分，眾人聞言皆驚訝地瞪大雙目。

聽到懷中青年竟然是個人類，丹尼爾立即鬆開了手，還像觸碰到什麼可怕病毒般迅速退後了兩步。

布倫特見狀嚇了一跳，立即扶住失去意識的人類青年，隨即不贊同地看了丹尼爾一眼。

丹尼爾並不認爲自己有錯，他從不掩飾對人類的厭惡。

與之相反，貝琳與埃蒙雖然也因爲過往歷史而對人類沒有多好的觀感，可是在他們出生時人類已經滅絕，二人對這個只存在於傳說中的種族非常好奇。

得知眼前的青年竟然是已經絕種的人類，他們驚訝過後都興致勃勃地打量著對方，只差沒有把他扒光衣服研究一番了。

「他長得眞漂亮！不是說人類豆皮臉、斜視又齙牙的嗎？我還以爲人類長得很醜呢！」打量著昏迷不醒的人類青年，貝琳驚喜說道。

埃蒙也一臉迷惑地眨了眨眼睛：「聽說人類很臭，可是他一點兒也不臭啊？」

布倫特聽著獸族姊弟的討論感到哭笑不得，心想這兩個孩子到底從哪裡聽來這些謠言？

不過對於獸族姊弟對人類的誤解，布倫特也沒有大驚小怪。畢竟人類滅亡已經過一段漫長時光，現在魔法大陸上不少人根本沒有見過人類，對人類的認知大多是道聽塗說而來。

再加上是人類招惹了魔物才導致目前局面，因此世人對人類自然有股厭惡感，在談及人類時沒有讚美，甚至還會很誇張地把這個種族醜化。

因此像貝琳與埃蒙這些在人類滅亡後才出生的孩子，所認知的人類已經與現實有很大的差距了。

丹尼爾雙臂抱胸地站在一旁，表現出對人類的厭惡和絕不幫忙的態度。他一臉不善地盯著昏迷不醒的人類青年，在看到某樣躲在對方衣領的東西時瞇起了雙目，並且果斷出手抓住。

「啾啾啾！」再次落入魔掌的小鳥發出驚恐的叫聲。

貝琳驚詫道：「牠怎麼變成白色了？」

原本這隻小鳥是不起眼的棕黑色羽毛，現在棕黑交雜的顏色卻變成了雪白，而且雙眼看起來更加靈動了，竟像是突然變得聰明了起來，甚至還聽得懂他們所說的話似地。

此時不遠處傳來魔物的嚎叫聲，因爲光柱造成的騷動洩露了冒險者們的存在，他們必須立即離開。

布倫特毫不猶豫便把青年揹在背上，要帶著他一起逃離。獸族姊弟對此沒有異議，對他們來說人類就是個稀有的新玩具，他們還沒把這玩具研究清楚呢，當然不想丟掉他。

丹尼爾雖然不想帶著這麼一個大麻煩，但最終還是沒有說出把人丟下的話，離開時還不忘抓著那隻異變的小鳥。

被光柱吸引過來的魔物不少，這些來自深淵的種族有著各種形態，有些像人、有些像動物，有些甚至是不像大陸上任何物種的怪物。唯一的共同點便是——全都長得醜陋無比。

它們渾身上下充斥暗黑死氣，魔物的攻擊對魔法大陸上所有生物都有很強的侵蝕性，而且它們自癒能力強大，無論是刀劍還是魔法，對它們造成的傷害都是大打折扣，是大陸上所有種族的生死之敵。

眾人心知與這些魔物糾纏絕不是上策，他們並沒有與魔物戰鬥的打算，只想盡快退出結界。

丹尼爾當機立斷地射出箭矢，並沒有瞄準要害，而是每一箭都射向魔物手腳關節，讓它們一時之間無法行動。

魔物是從黑暗中形成的東西，甚至難以定義到底算不算生命體。它們沒有絲毫理智，只憑本能行事，對所有生命有著強烈的殺意，彷彿是爲了殺戮而出現的種族。

魔物受傷時會流出黑色的血液，這些黑血帶有可怕的腐蝕性；它們死亡後不會留下屍體，而是化爲一道黑色煙霧消失。這也是不少魔物看起來就像生物一樣，可大陸上卻一直對它們是否是「生命」存在爭議的原因。

像現在被丹尼爾箭矢射中的魔物，它們的血液腐蝕著插在關節中的箭矢，而這麼重的傷勢它們竟然能用肉眼可見的速度恢復！

布倫特揹著那名人類青年騰不出手，這位眞身其實是火龍的冒險者用腳在地面一劃，一道由烈焰形成的火牆從地面升起，阻擋了一些丹尼爾箭下的漏網之魚。

貝琳與埃蒙各自手執彎刀與短劍，把布倫特與丹尼爾護得密不透風，將魔物所有遠程攻擊格擋下來。

眾人心裡清楚，要是被這些魔物成功圍堵，在這種充滿暗黑死氣及源源不絕魔物的鬼地方，敵人拖也能把他們拖死。

身爲經驗豐富的冒險者，進入魔物領地時，他們一直有在注意結界的位置與相對距離，所以撤退時眾人才能目標明確地往結界外跑去，最終有驚無險地帶著他們此行的「戰利品」——一個人類與一隻變異小鳥——成功撤離。

追捕他們的魔物不甘心，瘋狂地衝向結界牆，最終被結界的力量消滅，化成一縷縷黑色灰煙。

雖然魔物都被結界擋住了，但結界外仍是一片廢墟，這些都是人類滅亡後各種族努力征戰收回的土地。

這些土地上的魔物已被清理乾淨，然而依舊充斥著未被淨化的暗黑死氣，不宜久留。

眾人繼續往前走，很快便離開了廢墟，來到一座人跡罕至的森林。距離最近的聚居地還有大半天路程，再加上他們帶著一個昏迷且身分不明的人類，於是冒險者們沒有選擇趕路，而是找了處合適的地方搭起帳篷，打算先等對方甦醒後，弄清楚他的身分再說。

把人安置到帳篷，四人便圍在青年身邊等他醒來，可對方依舊昏迷不醒，所以那隻被丹尼爾抓來的變異小鳥成了眾人關注的重點。

丹尼爾鬆開了手讓小鳥獲得自由，他不怕小鳥逃跑，反正逃掉的話，他也有信心抓回來。

不過小鳥竟沒有逃，反而飛到沉睡青年的身邊，還依戀地蹭了蹭對方的臉頰。

丹尼爾張開手後，這才發現原本被小鳥啄得見血的傷口竟然消失了！

他驚愕地活動著原本應該受傷的手，確定手上的傷眞的消失無蹤。其他人也察覺到這點，全都露出驚訝的表情。

是因爲那個石碑？那束光柱？還是因爲這隻小鳥？

小鳥在眾人打量的目光下瑟瑟發抖，一副弱小可憐又無助的模樣。只是牠雖然驚恐，卻依然待在人類青年的身邊不離開。

這隻小鳥只有手掌大小，原本已經有點胖了，感受到威脅後又威嚇性地蓬鬆起羽毛，想要讓自己顯得更加巨大威武。結果威嚇感沒增添多少，反而顯得牠更加圓滾滾了……

在眾人打量牠的同時，小鳥也歪著頭打量著眾人。察覺到一行人沒有惡意後，這隻變異小鳥放鬆了下來，之前被丹尼爾抓在手裡時羽毛都被弄亂了，便開始自顧自地整理著羽毛。

原本這隻小鳥已經頗可愛，變成純白色後，更襯托出那雙圓滾滾大眼的機伶，可愛度滿分。

野生雀鳥很少有純白的顏色，因爲這種毛色在森林太顯眼，很容易成爲獵食者的目標。

丹尼爾看著這隻可愛的小鳥，不免愈看愈喜歡，心想牠只怕很難在森林裡生存了，要是牠願意，自己倒是不介意養來當寵物。

這麼想著，丹尼爾便開始用挑剔的眼神打量起這隻小鳥，凝神之下卻發現一個驚人的事情：「這隻鳥的身上……充滿著光元素？」

不怪丹尼爾這麼震驚，以往大陸上就只有人類教廷的祭司與聖騎士能夠使用光元素。人類滅絕以後，可驅用光元素的生物已經從這個大陸上絕跡了！

聽到丹尼爾的話，其他三人皆大吃一驚，仔細打量小鳥後，發現的確如丹尼爾所說，這隻小鳥渾身充斥著光元素！

眾人接著想起，那個在陰暗魔物領地中突然出現的光束……那個光柱便是由濃厚的光元素組成。正因如此，當時魔物才如此瘋狂地追過來想加以消滅。

這隻小鳥的變異，果然是因爲光元素！

這可不是小事，光元素是暗黑死氣的剋星，要是能夠找到使用光元素的方法，在驅逐魔物一事上必定能有突破性的進展。

「這小鳥是在光柱出現後才變異的，這人類也是從光柱中現身，說不定他也懂得使用光元素？」貝琳猜測。

布倫特想了想，道：「也不是沒有這個可能，這青年身上的服裝與光明神教祭司所穿相同。某些人類擁有信仰，他們能夠從信仰中獲得驅使光元素的能力，這種人類視爲神聖的職業，被稱爲『祭司』。」

就連最爲厭惡人類的丹尼爾，聽到布倫特的話後看向人類青年的眼神都變了。

這些年來大陸上各種族都在努力尋求消滅魔物的方法。這個人類青年的出現，也許會成爲戰勝魔物的契機。

這就不得不讓人重視起來了，至少對丹尼爾而言。畢竟原本這個人類的性命在他看來可有可無。

所以在確定這個青年能否對魔物造成威脅之前，他們遇上怎樣的危險都要想辦法保住他的性命。

就在眾人因爲獲得掌控光元素的線索而興奮不已之際，被眾人圍在中心的人類青年，緩緩甦醒了過來。

艾德醒過來時，還處於迷迷糊糊的狀態，一時之間不知道自己身在何處。

他只覺渾身發軟，就像睡了很久很久似地。迷茫的艾德撐著床墊想要坐起來，然而他一動，便驚覺到身下的觸感絕不是床墊應有的柔軟。

艾德嚇得睡意全消，立即睜開雙目，見到自己竟身處一個帳篷裡，四周都是些不認識的人。

隨著艾德的動作，獸族姊弟迅速做出反應。貝琳拔出腰間的彎刀，埃蒙雙手也化成獸爪，二人如臨大敵般盯著艾德。

艾德驚訝地瞪大雙目，這還是冒險者們初次看到清醒時的青年，並發現他有著一雙很美麗的紫藍眼眸。

人類青年長相俊秀，有著一身優雅高貴的氣質。雖然臉色透著不健康的蒼白，看起來身體應該不是很好，然而卻是瑕不掩瑜。如果不是因爲他人類的身分，一定會很受歡迎。

可惜，他是人類，任何種族遇到他……即使沒有獸族姊弟那麼誇張的反應，態度也不會是友好的吧？

看到艾德張開雙目的模樣，布倫特瞬間露出了訝異的神情，然而這神色稍縱即逝，誰也沒有察覺到。

確定了艾德沒有敵意，只有滿心的茫然與驚愕後，布倫特哭笑不得地向貝琳與埃蒙說道：「你們先把武器放下，我們與他好好談一談吧。」

然而獸族姊弟依然警戒地盯著艾德，絲毫不敢放鬆。

貝琳道：「人類暴力又粗鄙，萬一他攻擊我們怎麼辦？」

埃蒙也道：「對……聽說人類喜歡吸血，我不要被他吸血！」

艾德還沒弄清楚自己的處境，便被獸族姊弟的反應搞得一頭霧水，同時又因爲兩人的話有些被冒犯的不悅，皺起眉頭道：「你們這麼說，也太失禮了。」

丹尼爾對於艾德的話嗤之以鼻：「你們這些人類有多受人厭惡，你自己還沒有數嗎？難道到了現在，你還有臉跟我們要求尊重？對我們來說，人類只是些爲世界帶來災害的臭蟲而已。」

艾德被丹尼爾話裡的巨大訊息量驚呆了，他一點兒也不相信丹尼爾，質問：「你憑什麼這樣說？人類什麼時候爲世界帶來災害了⁉」

見艾德的神情不似作假，布倫特訝異地詢問：「你眞不知道？」

只是睡了一覺，醒來後不僅換了一處地方，身邊還有態度惡劣的陌生人，更被人指著鼻子罵是臭蟲，艾德修養再好都忍不住生氣了，說話的語氣也變得冷硬起來：「我該知道什麼？才剛醒來，便被你們這些神經病辱罵了一頓。」

冒險小隊聞言面面相覷，布倫特心裡生出一個不可思議的想法，詢問艾德：「你是誰？你還記得你在昏睡以前發生了什麼事情嗎？」

艾德也感覺到事情的不尋常，他略帶不安地說道：「我是人類帝國的二皇子艾德，睡著之前的記憶……我不太記得了，好像沒有什麼特別……應該也是如常的一天，晚上上床休息？只是我醒來以後卻來到了這裡。」

眼前的青年，竟完全不知道人類已經被魔物滅族了！

即使是看艾德最不順眼的丹尼爾，也忍不住露出同情的眼神。

試想只是像往常那般作息，誰料一覺醒來世界卻變了，身邊的親朋好友全部已經死去，甚至就連人類這個種族都滅絕多時，自己成了世上唯一的人類！

而且人類還是因爲自己作死、招惹了魔物這才導致滅亡，更讓各種族對已經滅亡的人類怨恨萬分，只是人類都死光光了，心裡再恨也沒辦法……

現在艾德身爲魔法大陸上唯一的人類，除了得忍受失去了同族的孤獨感以外，更要承受所有種族的厭惡與怨恨。

這大概是一種，被全世界孤立的恐怖與絕望吧？

布倫特想爲一無所知的艾德講解現在身處的狀況，只是他動了動嘴巴，卻不忍心告訴對方眞相。

艾德見這些人都以憐憫的目光看著自己，心裡的不安變得更深了。他懇求道：

「到底發生了什麼事情？爲什麼我會出現在這裡，你們又是什麼人？拜託，請你們告訴我。」

即使艾德已經有預感，接下來對方所說的話也許對他來說並不是什麼好事，然而他不認爲逃避就能解決問題。要是眞的有什麼不幸的事情發生在自己身上，他總有一天要面對的。

與其遇上問題時手足無措，倒不如現在早早把事情弄清楚，才好早做對策。

布倫特憐憫地嘆了口氣，先向艾德自我介紹：「我們是一隊冒險者。這是丹尼爾，精靈族。這對獸族姊弟分別是貝琳與埃蒙。我是龍族的布倫特，我們都是同一團隊的冒險者。」

聽到布倫特的自我介紹，艾德瞪大雙目，驚訝地小聲驚呼：「你就是龍族的布倫特？你是我大哥的朋友！我曾聽過大哥提及你的事情……」

不只艾德感到驚訝，丹尼爾、貝琳與埃蒙，在聽到艾德的話以後也不禁露出訝異的表情。

雖然布倫特由始至終對艾德都很友善，與眾人的態度大相逕庭，然而他們以爲這只是因爲他本就是與人爲善的老好人性格。然而經艾德這麼一說，他們才知道兩人還有這麼一層關係！

「布倫特，你與這個人類認識？」丹尼爾有點不爽地詢問。如果布倫特早就認出了艾德，豈不是說之前他都在故意隱瞞艾德的身分嗎？

布倫特感受到丹尼爾誤會了，連忙解釋：「我的確與艾德的兄長安德烈是朋友，可是卻從未與艾德見過面，只從安德烈口中得知艾德的存在而已。我之前是覺得艾德的長相有些熟悉，在他張開眼睛、看到與安德烈如出一轍的紫藍眼眸時，才察覺到他的身分。」

見丹尼爾神色稍微緩和，布倫特吁了口氣，續道：「聽安德烈說，他的弟弟從小身體不好，爲了保住性命，他便把弟弟送到了光明神教讓大祭司照顧。聽說那孩子很有天賦，從小在教廷長大，又是虔誠的信徒，大祭司便收了他當學生……」

艾德打斷了布倫特對丹尼爾的解釋，雖然這麼做有失他素來良好的教養，只是現在艾德滿心只想了解到底發生了什麼事情，已經管不上那麼多了：「布倫特，請你告訴我，現在到底是什麼狀況？」

03.
爭執

迎上艾德那雙與安德烈如出一轍的紫藍眼眸，布倫特嘆了口氣，道：「人類……早已經滅絕多年了。當年人類的邪教徒召喚魔物，還連接上魔物所存在的異世界，那條通道被稱爲『深淵』。魔法大陸上所有種族都受到牽連，人類亦因此自取滅亡。後來各種族經過艱苦的戰爭，這才阻擋住魔物入侵的步伐；付出極大代價後，在已淪陷的人類國土邊緣築起針對魔物的結界。」

簡單解說了下當年的事件，布倫特又向艾德說明目前魔法大陸的狀況：「這些年來各族都在努力滅魔，然而卻發現深淵有擴大的跡象，結界的力量隨著時間漸漸消退。近年結界缺口出現的次數變得頻繁起來，魔物闖入各種族領地的機率大大提升。現在魔法大陸上的冒險者大都以獵殺魔物爲主，我們四人便是其中之一。」

艾德驚聞世界的狀況後只覺得渾身發冷，全身血液就像被凍住了般。雖然之前聽到眾人透露出來的零星資訊時，已有預感身處的狀況好不到哪裡，然而他無論如何也猜不到只是睡了一覺，醒來後世界竟出現翻天覆地的變化，他的親朋好友早已不在，就連國家都沒有了。

明明不久以前，人類帝國還是一個繁華的國度。他的兄長是個英明的君主，國家在他的帶領下一片欣欣向榮……

過了好一會，艾德才勉強接受這個驚人的現狀，聲音乾澀地詢問：「眞的確定沒有任何人類存活下來嗎？就算人類領地是魔物首先侵略的地方，也不可能全都死去、一個不留吧？兄長呢？會不會，還有其他人類活著，只是你們不知道？」

丹尼爾認爲艾德不願接受現實，一味蠻纏，便語帶嘲諷地說道：「魔物從人類的國土擁出後，各族抗爭多年才平息了戰事，那時候離人類滅亡已經有一段時間。別忘記人類的國度充斥著暗黑死氣，即使不死於魔物之手，在這種環境裡也無法活上很長的時間。」

布倫特拍了拍丹尼爾的肩膀，示意他話別說得這麼刻薄。丹尼爾雖一臉不屑，但仍是給了布倫特面子，乖乖地閉上嘴。

雖然看到艾德失魂落魄的表情很不忍心，可是布倫特並不認爲給予對方任何希望是好事，即使殘忍，可是長痛不如短痛，於是他便直截了當地解釋：「丹尼爾說的

沒錯，暗黑死氣會侵襲所有生命體，被死氣侵襲的人很快就會死亡。不是沒有逃出來的人類，只是那些人全都遭死氣嚴重侵蝕，能活下來的，一個也沒有。」

布倫特是安德烈的好友，艾德知道對方不會騙他。聽到布倫特的話後，他最後一絲盼望奇蹟出現的火光也熄滅了。

艾德知道現在不是傷心難過的時候，他必須把握機會了解現況才行，這也許是他唯一的機會了。其他種族這麼厭惡人類，也只有布倫特會因爲兄長好友的那層關係待他如此友善。

於是艾德強忍著悲痛，詢問：「那爲什麼……會說魔物的出現是人類的過錯？至少在我記憶中，不是已經有多次魔物現身的例子了嗎？」

布倫特解釋：「是的，在人類滅亡以前，已發現魔物會從空間裂縫來到魔法大陸，只是並不頻繁，是兩個空間偶爾碰撞的結果，屬於無法避免的自然災害。然而那場幾乎毀滅魔法大陸的侵略，卻是起源於人類的異教徒爲魔物打開了通往這個世界的大門。雖然沒有確實的證據，但深淵出現的地點正好在人類國土，何況人類本就有信仰魔物的邪教，因此大家都認爲是人類進行邪教儀式，最終引致了這場大災難。」

這個推測合情合理，即使艾德心裡再希望人類不是導致這場危機的罪魁禍首，卻也說不出任何反駁的話。

看到艾德魂不守舍的模樣，布倫特嘆了口氣，拍了拍他的肩膀安慰道：「我們先離開，你好好冷靜一下。這小鳥在你現身的地方出現了異變，現在只肯跟著你，說不定與你有什麼關聯，就讓牠留下來陪你吧！」

醒來後艾德接連受到打擊，再加上小鳥一直乖巧地沒有亂動，他竟是完全沒有察覺到有隻小鳥依戀地停留在自己枕邊。

見艾德垂首看著自己，小鳥興奮地拍動著翅膀啾啾地叫。可愛的模樣卻無法讓心情沉重的艾德稍微開懷。

布倫特見狀再嘆了口氣，隨即向眾人打個眼色，便離開了帳篷，給予艾德獨處的空間。

待眾人都離開後，艾德一直硬撐著的情緒頓時崩潰。他雙手掩面，把自己蜷縮起

來，就像頭受傷的動物般獨自舔舐著傷口。

小鳥急得繞著他直飛，後來停在艾德肩膀上，安安靜靜地陪伴他度過這悲痛的時刻。

離開了帳篷後，冒險者們圍著營火而坐，都在衡量發現人類的利弊。

最終丹尼爾打破沉默：「布倫特，你打算怎樣處置他？」

雖然在這個冒險團隊中，隊員之間平起平坐，然而在決策上，布倫特是眾人公認的首領。

是布倫特接納他們這些離開種族的人，作爲眾人中的年長者，布倫特平常也很照顧大家。即使是桀驁不馴的丹尼爾也對他心服口服，願意虛心聽取布倫特的意見。

對艾德來說，最好的處理方法自然是眾人爲他隱瞞、不把發現他的事情公諸於世。

然而艾德莫名出現在魔物領地，以及他的祭司身分，很可能爲戰局帶來新的變化。要是隱瞞艾德的存在，也許會導致眾人無法承擔的後果。

因此布倫特雖與艾德的兄長安德烈是好友，在這種大是大非的前提下，他並沒有偏向艾德的打算。

何況在布倫特看來，爲艾德隱瞞身分並不是明智之舉，畢竟對方總不能躲躲藏藏地活一輩子吧？

布倫特道：「我會把艾德的事如實告知族裡，讓龍王陛下及各族族長定奪。」

貝琳點了點頭，表示她也會通知獸族那邊，隨即同情地說：「可是大家都很討厭人類，他們知道了艾德的存在以後，說不定會把他處死……」

埃蒙聞言，也露出了擔心的神情。

丹尼爾嘲諷：「你們現在倒是擔心起他來了？之前不是很討厭人類的嗎？」

貝琳道：「我是討厭人類沒錯。正因爲人類召喚了魔物，才讓魔法大陸各種族都活在戰爭的威脅中，失去這麼多寶貴的性命，只是艾德沒有相關記憶，他甚至連人類滅絕了也不知道。現在他孤苦伶仃的，要是還得因爲完全沒有記憶的事情被責問，

總覺得有些可憐。」

埃蒙也道：「我也是這麼想。明明他什麼也不知道，卻要因爲不是自己的錯誤而失去性命，也太可憐了。」

丹尼爾聳了聳肩：「怨就只能怨他是個人類吧……」

「我不會讓這種事情發生的！」布倫特堅定地說道。

「啊？」丹尼爾愣了愣，隨即不確定地詢問：「你都要把人交上去了，還打算怎樣做？難道龍王陛下下令把人殺掉時，你去搶人嗎？」

布倫特道：「我不會隱瞞艾德的存在，但也不會眼睜睜看到一個無辜的人被傷害。至於該怎麼辦……到時候見機行事吧！」

貝琳聞言噗哧一笑：「也就是說，你還沒想到解決方法吧？」

布倫特不好意思地搔了搔頭：「辦法嘛……總會有的。說不定到時候大家都能夠與艾德好好相處呢！」

丹尼爾冷哼了聲：「這點你就別指望了，布倫特，你還是十年如一日般地天眞啊！」

見布倫特一臉尷尬，埃蒙安慰他：「布倫特你別難過，我覺得你這樣很好。」

貝琳也笑道：「是呀，正是這樣的布倫特才能夠讓人感到安心。」

看到三人其樂融融的模樣，丹尼爾撇了撇嘴，總覺得老是唱反調的自己就像個壞人似的。

丹尼爾不爽地移開目光，視線正好與從帳篷中出來的艾德對上了。

丹尼爾打從心底討厭人類，看到艾德出現，立即皺起了眉，尤其在看到那隻一直很抗拒他的小鳥此時正親暱地站在艾德肩膀，丹尼爾心情更加不爽了。

瞪了艾德一眼後，丹尼爾便像是看到什麼髒東西般移開了視線。

艾德同樣不喜歡丹尼爾，雖然貝琳與埃蒙也表現出對人類的不喜，然而艾德能夠感受到這兩人只是對「人類身分」本能地厭惡，對他本人卻沒有多少惡意。

反倒是丹尼爾卻是實實在在地針對他……難道丹尼爾的親人或朋友曾被魔物傷害過，因此遷怒身為人類的自己嗎？

艾德與丹尼爾相看兩厭，不過艾德卻沒有像丹尼爾那樣故意移開視線，反倒目光停留在丹尼爾身上打量著。

艾德因爲從小身體不好，一直在教廷中生活。精靈族熱愛自然，鮮少進入人類城鎮，這還是艾德第一次接觸精靈，難免好奇地多看了幾眼。

特別是丹尼爾坐在火堆旁邊休息時，他掀起了兜帽，露出他那雙與一般精靈族略顯不同的耳朵。

丹尼爾的耳朵相較於艾德在畫冊中看到的精靈族尖長耳朵略短，這讓艾德忍不住把視線頻頻往對方耳朵投去。

隨即艾德便見丹尼爾再次拉上兜帽，還惡狠狠地瞪了他一眼。

艾德只感到莫名其妙，心想耳朵又不是什麼見不得人的部位，幹嘛要遮遮掩掩的？

「你已經休息好了嗎？我還以爲你要躲在帳篷裡哭好一會兒呢！啊！我不是在取笑你，只是覺得任何人遇上這種事都會很傷心，消沉是正常的……哎呀！姊姊妳爲什麼打我？」埃蒙是個善良的孩子，雖然不喜歡人類，但還是非常同情艾德的遭遇。看到艾德紅著眼眶從帳篷出來，立即上前關心。

只是他不善言辭，明明是關心的話，聽在別人耳中就像嘲諷一般。一旁的貝琳翻了個白眼，忍不住給他一拐子。

這一拐成功讓埃蒙閉嘴，貝琳笑盈盈地對艾德說道：「不好意思，這孩子只是嘴拙，他沒有惡意的。」

艾德並沒有生埃蒙的氣，他能感受到對方的關懷，雖然話有些不好聽，但卻很眞誠，艾德反倒覺得對方嘴拙這點很可愛，搖了搖頭道：「沒關係，我沒有在意。」

火光爲艾德的髮絲染上一片金紅，卻不及青年溫文爾雅的微笑來得溫暖。貝琳一時看呆了，她不得不承認，人類並不是她所以爲的粗鄙醜陋。

看到獸族姊弟在不知不覺中改變了對艾德的態度，布倫特心裡高興。畢竟是好友的弟弟，他還是希望同伴們能夠與艾德好好相處。

在艾德於帳篷中收拾心情時，冒險者們已張羅好今天的晚餐。火堆上此時正烤著一些野兔、野菜與烤餅，甚至還有一煲野菜湯，以野炊來說，這餐算是很豐富了。

艾德身體一向不好，醒來後也沒有吃過東西，又因爲情緒激動而大哭了一場，現在只覺得手腳都是軟的，看到這些豐盛的食物、嗅著空氣中飄散的食物香氣，不由得嚥了嚥口水。

布倫特笑著向艾德招手：「餓了吧？食物再等一會便可以吃了，先坐下來吧！」

被布倫特看到自己嘴饞的一面，艾德蒼白的臉上泛起紅暈，依言坐到了火堆旁邊。

艾德凝望火焰好一會，整理好思緒的他對布倫特道：「我思索過後，對自己沉睡了這些年的狀況有些推測。現在也找不到人商量了，因此想讓你聽聽我的想法。」

一旁的丹尼爾嗆聲道：「有什麼好猜測的，不就是你不知怎樣陷入沉睡，結果安然度過魔物的入侵，活到現在了嗎？」

艾德已習慣丹尼爾惡劣的態度，並對此處之泰然：「你說的是一種可能，可也有另一種可能，就是我同樣經歷了魔物入侵的時期，只是因爲某些原因而失去記憶。」

冒險者們聞言愣了愣，想想也覺得艾德的話有理。之前見艾德完全不知道人類被魔物消滅一事，他們便很自然以爲艾德是在人類召喚魔物前便陷入了沉睡，而忽略了其他可能性。

隨即艾德又說道：「另外我仔細想想，還是覺得人類的滅絕很奇怪。也許你們不清楚，教廷的聖騎士與祭司都不畏暗黑死氣。各神殿分布在全國各地，必要時會盡力保護人民。而且人類這麼多，怎可能一人也不剩？」

布倫特聞言愣了愣，隨即一臉激動地詢問：「的確，安德烈也曾說過，每次人類國土出現魔物，教廷的聖騎士與祭司都是對抗魔物的主力。安德烈還提及光明神教有一件聖物，聖物擁有不可思議的力量……難道……艾德你之所以能夠活下來，是聖物的功勞？」

實在想不起沉睡前的記憶，艾德苦笑道：「我也不清楚，但聖物是確實存在的。雖然我完全沒有相關記憶，可我也認爲到了連種族都要滅絕的危難時刻，教廷應該會使用聖物來力挽狂瀾。說不定我真的是託了聖物的福才能夠存活至今。只是不知道出

了什麼狀況，才失去當時的記憶。」

說罷，艾德伸出手，小鳥便從肩膀飛到他食指上，瞬間成爲眾人注目的焦點。

艾德道：「你們說我是在平空出現的光柱中現身，光柱出現時這小鳥飛了進去，出來後羽毛變成純白色，而且還變得更聰明了。從牠身上，我感受到一股很純粹的光元素，因此我更偏向是第二個猜測——教廷在魔物襲擊國土時做出了一些反擊。我有一個想法……」

好奇寶寶埃蒙連忙詢問：「是什麼？你有什麼想法？」

艾德也沒有賣關子，坦誠說出自己的想法：「要是我因爲受到光明神的庇佑才存活至今，那麼，我想回到我一開始出現的光明神殿，說不定能夠找到相關線索。」

眾人覺得艾德的想法很有理，不過卻無法答應他。

每個種族都有自己傳遞消息的方法，尤其這裡的人都是各種族的「權二代」。在發現艾德這個人類的存在後，眾人已通知了各自的首領。在高層商量出對艾德的處置前，他們不能任由對方自由行動。

也就是說，艾德沒有自由行動的權利，他被軟禁起來了。

對於此事，布倫特並沒有瞞著艾德，直接坦承了他們的責任。冒險者們會先將艾德帶到附近的城鎮安頓好，待各族首領答覆後再做決定。在此以前，艾德不允許自由活動。

艾德對此表示理解，平心而論，布倫特已經待他很不錯、也盡力照顧他了。

要是落到別人手裡，艾德相信以自己人類的身分一定沒有現在的待遇，說不定在他剛甦醒引起魔物騷動時，就會被撤退的人丟下，最終失去性命。

對於把自己從魔物手中救出來的布倫特等人，艾德是心存感激的。

此時食物已經可以吃了，野兔烤得外脆內嫩，表面還撒了一些不明香料，非常美味。

艾德吃了一口後雙目一亮，進食的速度不禁加快幾分。然而他的姿態卻不見粗鄙，每一個動作都讓人感到賞心悅目。

畢竟身為皇族，從小的禮儀教養已刻劃到骨子裡，即使在這種落難時刻，艾德

的儀態依舊優雅迷人。

相較於進食儀態良好，明明只是吃露天燒烤也能吃出高級飯店感覺的艾德，丹尼爾粗魯的進食模樣卻是一點兒也不「精靈」了。

丹尼爾明明是個精靈，言行舉止卻與精靈族的特性相距甚遠。艾德忍不住多看了兩眼，結果便換來了丹尼爾的瞪視，對方語氣很衝地低聲質問：「你看什麼!?」

艾德：「……」

這種感覺簡直就像路過街道的暗巷，不小心與蹲在角落的小混混四目相交後被對方嗆了一句似的。

然後這個小混混，是個本應優雅溫和的精靈……

艾德腦海中不由得出現了丹尼爾蹲在路邊，狠狠瞪著他並罵「你在看三小」的場面。

因這詭異的想像，讓艾德面對丹尼爾的惡劣態度時沒有生氣，反而有些想笑。

只是想到現在笑出來實在很失禮，艾德只能忍著笑意，在丹尼爾的瞪視下努力找其他話題，然後聽起來很像挑釁的話便脫口而出：「你不看我的話，又怎麼知道我在看你？」

完全想不到艾德會這麼說，其他幾個在看好戲的同伴不是被口中食物嗆到，就是忍不住「噗哧」笑了出來。

丹尼爾這位脾氣暴躁的精靈全身上下沒有任何「幽默」細胞，他只覺得艾德這番話是在嘲諷自己，頓時黑起了臉，咄咄逼人地道：「竟然膽敢反問我，你以爲你跟我是平等的嗎？你只是個卑劣、低賤的人類而已。」

布倫特聞言皺了皺眉，想阻止丹尼爾因爲看人類不順眼而單方面的無理取鬧。

然而艾德卻已生氣了，他的確脾氣溫和沒錯，但並不代表沒有脾氣。被人莫名其妙地冠上這些不堪的形容詞，他想也不想地反擊：「把別人貶低得一文不值，便能夠顯得自己很高尚嗎？老實說，要不是知道你是精靈，看著你這副粗鄙不堪的模樣，我覺得自己比你還要更像一個精靈族呢！」

艾德也知道自己挑釁對方的做法很魯莽，畢竟形勢比人弱，先不說病弱的他根

本打不過丹尼爾，單是二人起衝突的話，身邊的人到底會偏幫誰絕對是可想而知。

只是有些事情並不是忍讓就能解決，艾德再溫和也是有尊嚴與血性，即使反擊會被丹尼爾狠揍一頓，可艾德還是沒有選擇忍氣吞聲。

聽到艾德的反駁，丹尼爾原本充滿陰霾的神色更變得陰晴不定，他霍地站了起來；就在艾德以爲對方要對自己出手之際，丹尼爾卻突然舉步離開。

艾德完全愣住了。

他設想了很多丹尼爾的反應，比如惱羞成怒，比如繼續回以更惡毒的話語，然而當中沒有任何一個選項是對方會示弱、會逃跑。

是的，艾德並沒有看漏丹尼爾轉身離開時，那一瞬間的脆弱表情。

艾德並不喜歡丹尼爾這個總是理直氣壯地說出惡劣話語的種族主義者，然而當他察覺到自己的話也許眞的傷到對方時，卻還是忍不住感到有些抱歉與內疚。

讓對方這麼難過，非艾德所願。雖然他到了現在還是不明白，自己剛剛那番話到底是哪個點刺中丹尼爾心裡的弱點。

想不到兩人的對峙會這麼突然地結束，旁觀的三人這才反應過來。布倫特嘆息了聲，並沒有多說什麼。埃蒙有些擔心丹尼爾，想追上去看看，卻被貝琳敲了敲頭，道：「讓他自個兒待一會，他不會希望你追上去的。」

艾德默默吃著手上的燒烤，看著被丹尼爾遺留下來、只吃了一半的食物，手中原本香氣四溢的烤肉好像變得不那麼好吃了。

04.
變異野草

在野外露營，冒險者們都有輪班守夜的習慣。原本艾德也想要出一份力，卻被布倫特婉拒了。

被婉拒的艾德沒有多說什麼，他明白布倫特之所以拒絕自己的好意，除了因爲自己不是冒險團的一分子外，更多的是因爲並不信任他。

是的，艾德能夠感受到，這位皇兄的舊友、一直對自己很友善的布倫特，並未放鬆過對自己的戒備。

這也很合理，艾德不會因此感到受傷。易地而處，若他是那個監視者，也不會鬆懈警戒，以免給對方逃跑的可乘之機。

想到各族對人類的厭惡……甚至可以說是憎恨，艾德覺得那些種族首領讓自己活下去的機率大約是五五波。

如果有機會，艾德是眞的會找辦法逃跑，因此他絕對能夠理解布倫特他們對自己的監視與警戒。

既然對方不讓他幫忙，那艾德便心安理得地進入帳篷睡覺了。

雖說下午才醒來，但對於天生體弱的艾德來說，休息的時間原本便比一般人長；再加上這天他受了多番刺激，龐大的壓力下，艾德只覺得身心俱疲，幾乎一躺下就睡著了。

一直跟著艾德的小鳥見狀，也飛到他枕邊躺下，依偎著艾德進入夢鄉。

冒險者團隊共有四人，他們劃分成三班守夜，分別是布倫特、丹尼爾，以及獸族姊弟。

丹尼爾起來接班時，布倫特並未立即回帳篷休息，而是表示想與丹尼爾談談有關艾德的事，可惜卻被丹尼爾拒絕了。

「我知道你想說什麼，衝著這人類也許還有用處，我不會對他怎樣。只是若希望我與他好好相處，這是不可能的。我討厭人類，讓他留下來已經是極限，別指望我能夠給他好臉色。」丹尼爾冷冷地說道。

雖然丹尼爾語氣不善，可布倫特卻是鬆了口氣。畢竟他很清楚不久前艾德那番無心的話，到底怎樣狠狠地刺中了丹尼爾心裡的痛處。

只要丹尼爾別在衝動下對艾德做出什麼事情就行了，至於言語上的針對，只是小打小鬧，反正艾德不是個被罵不還擊的人，這些布倫特就不插手了。

布倫特去休息後，火堆旁邊便只剩下丹尼爾一人，四周頓時寂靜了下來。

輪班守夜，其實中間的那個人是最辛苦的。他得要睡到中途起來，守夜後再睡一段時間卻又天亮了。

這個位子一般都是由布倫特與丹尼爾負責，埃蒙與貝琳一個未成年、一個是女生，兩人都有意多照顧他們一些。

這是看守者最疲倦、最容易睡著的時段，丹尼爾卻沒有放任自己的睡意，非常盡責地一直保持著警戒。

然而他並沒有察覺到，背後埃蒙的帳篷出現了異狀。

身爲冒險者，經常得要餐風露宿，他們都不是會委屈自己的人，各自備有屬於自己的帳篷，一般不會與同伴擠在一起。甚至他們還在空間戒裡存有備用帳篷，這也是艾德能夠獨自享有一頂帳篷的原因。

正因如此，在出事時，帳篷裡就只有埃蒙。

埃蒙放在帳篷外的鞋子，鞋底不知何時升起了陣陣黑霧。這黑霧，竟然帶著讓人聞之色變的暗黑死氣！

隨著黑霧的出現，地面長出了一棵變異野草，它不僅顏色奇怪，細長的葉子可長可短，葉子邊緣還長有尖銳的鋸齒，一看便給人不好惹的感覺。

變異野草動了動，它正在挑選著獵物——背對著它的丹尼爾，還是在帳篷中沉睡的埃蒙。

猶豫半晌，變異野草不喜歡丹尼爾旁邊的火光，它是被暗黑死氣改造的物種，天生厭惡光明、喜愛黑暗。

於是它選擇了待在黑暗中的埃蒙，只見變異野草的葉子不斷伸長，像是毒蛇般於地面滑行，無聲無息地鑽入了埃蒙的帳篷。

無論是丹尼爾還是埃蒙，都對這一連串的事情毫不知情。

變異野草纏上了埃蒙的脖子，葉子邊緣的銳利鋸齒瞬間在埃蒙脖子上劃出不少傷口，鮮血染紅了少年的衣領。

變異野草的葉子吸取埃蒙的鮮血，被它勒住脖子的埃蒙則因爲痛楚與窒息感露出痛苦的表情；變異野草的葉子在吸血的同時還分泌出一種麻痺獵物的黏液，令埃蒙無法醒來。

所幸它喜歡的食物是鮮血，卻不吃肉。它本能知道獵物死後會影響血液的流速，因此並沒有下狠手殺死埃蒙。

它的一些葉子纏繞在埃蒙的脖子上吸血，另一些葉子則遊走到少年手腕上，割開他的動脈吸食血液。

一切都在無聲無息中進行，變異野草分泌出來的麻痺液體甚至有掩蓋血腥味的能力，在外面守夜的丹尼爾完全不知道就在離他不遠的距離，他守護著的同伴正面臨生命危險。

深夜總是比較清涼，丹尼爾煮了熱水，正要從空間戒指裡取些香草出來沖茶喝，便見一道小小白色身影急匆匆地從帳篷中飛出，被尾隨著出來的艾德迅速抓住。

「啾啾啾！」小鳥在艾德手中撲騰著，雖然一副著急的模樣，卻沒有啄傷抓住牠的人。這讓不久前才被小鳥啄得流血的丹尼爾心裡泛酸，忍不住瞪了他們一眼。

「噓！你小聲一點，大家都睡了……」被丹尼爾瞪了一眼，誤以爲對方不滿他們太吵，艾德有些心虛地努力安撫著小鳥。

睡夢中被小鳥弄醒，艾德穿著裡衣便追著牠出來。此時青年幾綹淡金頭髮還亂糟糟地翹了起來，一身高貴優雅的氣質蕩然無存，反而顯出幾分呆萌，茫然的神情更添可愛。

丹尼爾默默移開了視線，心裡對自己剛剛生起的情緒感到莫名其妙。即使外表再無害，不就是個卑劣的人類嗎？

艾德努力哄著小鳥，然而之前很聽艾德話的小鳥這次卻完全不聽話了，繼續扭動著身體想要掙脫艾德的束縛。

艾德讓小鳥搞得一個頭有兩個大，小鳥就只有巴掌大，他實在擔心這小東西會弄傷自己。

然而此時艾德卻感覺到一股異樣的氣息。

身爲光明神教的祭司，艾德對於光明與黑暗的力量皆很敏銳。他此刻的感覺，便如同在黑暗中有頭凶獸對著他虎視眈眈，強烈的危機感讓他渾身的光明之力騷動不已，差點便忍不住用聖光護體了！

艾德想到動物的感覺比人類更加靈敏，小鳥與他一樣身負光明之力，說不定是感應到了什麼。

於是艾德不再阻止小鳥，他鬆開抓住小鳥的手，任由小鳥直向埃蒙帳篷飛去。

在旁看好戲的丹尼爾不禁有些訝異，見到艾德臉上凝重的神色時，心裡也生起了一股不祥的預感，立即尾隨跟了過去。

接近埃蒙帳篷時，艾德已感覺到裡面透出了暗黑死氣。他闖進埃蒙的帳篷後，便見小鳥已與變異野草糾纏在一起！

變異野草在地面狂暴地掙扎著，這個差點兒取了埃蒙性命的嗜血怪物，面對小鳥卻毫無還擊之力。

畢竟無論是鳥v.s.草、還是光明之力v.s.暗黑死氣，後者都被前者剋制得死死的。

小鳥拍動翅膀、爪子抓著變異野草的戰鬥，怎樣看都像猛禽獵蛇的獵捕場面，艾德在心裡爲小鳥的剽悍豎起了大拇指。

既然變異野草已完全被小鳥壓制，加上還有丹尼爾在，要消滅它只是時間問題而已。於是艾德沒有加入戰團，而是快步走向依舊昏睡著的埃蒙。

檢查過埃蒙的傷勢後，艾德總算鬆了口氣。雖然埃蒙身上都是血，看起來有些恐怖，但其實都只是皮外傷。這種傷勢用聖光分分鐘治好，頂多有些失血過多的後遺症罷了。

就是埃蒙的傷口上有變異野草留下的黏液，黏液的毒素讓獸族少年處於昏迷不醒的情況。

對祭司來說，驅除負面狀態是他們的拿手好戲。柔和聖光在艾德的驅使下，爲埃蒙去除了變異野草留在傷口上的毒素，隨即埃蒙便驚坐起來。

這一晚的經歷對埃蒙來說簡直是一場噩夢。變異野草纏上他脖子之際，其實他已經醒了，只是因爲毒液的影響，雖然意識是清醒的，身體卻怎樣也無法活動。

要不是小鳥察覺到異樣，領著艾德與丹尼爾前來救人，只怕埃蒙便會在意識清醒的情況下，活活被變異野草吸成乾屍！

與此同時，野草也被小鳥與丹尼爾合力解決。看著在地上迅速枯萎後化成灰燼的變異野草，被吸血吸出了陰影的埃蒙這才安下心來。

艾德的聖光除了驅除埃蒙傷口上的毒素外，還把他的傷勢都治癒了。雖然曾聽聞過聖光可以治療傷勢，然而第一次直接感受到神奇的治療效果，埃蒙還是被狠狠震撼到了！

這治療的速度與效果也太好啦！

難怪布倫特說，團隊中有了祭司，不亞於多出一條性命！

艾德眞是太厲害啦！

埃蒙崇拜地看著艾德，誇張的反應讓他有點不好意思，便隨便找了個話題：「你知道那棵草是怎麼回事嗎？」

「我不清楚呢，不過那應該是……魔物？」看到變異野草枯萎後消失的方式，埃蒙邊新奇地摸著被艾德治好的脖子邊回答。

艾德對魔物的存在很好奇，還想再多詢問一些細節，卻被丹尼爾打斷：「出去再談。」

聽到丹尼爾的話，艾德也覺得三人待在埃蒙的單人帳篷裡有些擠。何況出了這種事情，也應該告訴布倫特他們一聲。

摸了摸像凱旋而歸的將軍、雄糾糾地飛到自己肩膀上的小鳥，艾德詢問失血過多的埃蒙：「需要我扶你出去嗎？」

聖光能夠治療傷口，然而失去的血液卻無法補回來。現在埃蒙覺得身體軟綿綿的，不太使得出力，只是少年人愛面子，剛剛差點被變異野草吸成人乾，現在埃蒙心裡悶著一口氣，不想讓人覺得自己太弱小，便謝絕了艾德的好意。

既然埃蒙想自己走，艾德也沒有勉強他。反正埃蒙的傷已經好了，就只是有些無力罷了。

在他們魚貫離開帳篷、埃蒙穿著鞋子時，身下突然鑽出眾多變異野草，拉住埃蒙便要往地裡拖！

正所謂柿子挑軟的捏。很不幸，失血過多的埃蒙在魔物眼中就是那個軟柿子。

丹尼爾看到死命拖拉著埃蒙的變異野草，腦袋靈光一閃，想到在魔物領地中，埃蒙曾不小心踩中一些變異植物，當時那植物還噴出奇怪的黑霧……

難道那黑霧其實是變異植物的種子，只是種子太細小，讓人以爲是黑霧嗎？它們附在埃蒙鞋底，經由幾人把暗黑死氣帶到結界外，然後在外界成功發芽生長起來？

畢竟種子在發芽前與死物無異，也許眞的就是因爲這樣而瞞過了結界的探測也說不定。

目前情況不容丹尼爾細想，埃蒙下陷的速度很快，不出幾秒雙膝已陷入泥土中。丹尼爾用盡全力也無法把人拉上來，只能暫緩他下陷的速度。

不得已，丹尼爾只能求助於艾德：「那東西在埃蒙腳下！」

艾德果然沒有讓他失望，溫暖的聖光照耀在埃蒙下陷的位置，這讓人感到暖洋洋、舒暢萬分的光芒，卻對躲在地底的變異野草造成了致命的傷害。

很快丹尼爾感到與自己抗衡的力量消失了，用力一拉便成功讓埃蒙脫困。

埃蒙脫困後，小鳥繞著地上的坑洞飛了一圈，確定再也沒有殘留暗黑死氣、那棵草真的是死得不能再死了，便飛回艾德的肩膀上。

艾德看著驚魂未定的埃蒙，覺得他真倒楣，安慰道：「放心吧，已經沒事了。」

丹尼爾看見埃蒙可憐兮兮的模樣，假咳了聲解釋：「之前在帳篷裡的時候，確定有把那棵變異野草消滅，想不到那只是它枝葉的一部分，本體躲在你的鞋子下面，是我大意了。」

埃蒙搖了搖手：「不不，誰能想到那棵草這麼狡猾呢！全靠你們救了我，不然這次我就慘了。」

早在艾德與丹尼爾衝入埃蒙的帳篷救人時，發出的動靜已驚醒布倫特與貝琳，他們連忙拿起武器察看情況。

結果他們一出帳篷，便看到丹尼爾的帳篷鑽出一棵張牙舞爪的變異野草。二人合力將變異野草消滅後，艾德那邊的戰鬥也已結束。

布倫特與貝琳上前了解狀況，丹尼爾向二人簡單敘述了下剛剛發生的事，並且說出自己對變異野草的猜想。

眾人互相交換了情報，皆猜測埃蒙誤踩變異野草時丹尼爾就在他身旁，因此除了埃蒙的鞋子外，丹尼爾的衣服也不幸地沾染上變異野草的種子。

得知連番驚險竟是源於自己在魔物領地時的不小心，埃蒙的心情更低落了，還被貝琳狠狠敲了一下頭。

摀住被敲痛的頭，埃蒙滿心委屈。但也知道這次的事情是自己惹的禍，只得懊惱地反省自己的粗心大意。

被變異野草吸了不少血的埃蒙須要好好休息，自然不能負責下一輪守夜了。艾德倒是想要幫忙，但想到之前才被眾人拒絕，便沒有作聲。

最後埃蒙的位子由布倫特補上，對體魄強悍的龍族來說，有時候幾天幾夜不睡也是可以的，補上這數小時對布倫特來說影響不大。

眾人各自返回自己的帳篷，離開時艾德回首看了一眼埃蒙被變異野草襲擊時所留下的坑洞。

現在的世界，似乎比他所以爲的還要危險幾分。

這就是……魔物嗎……

經過變異野草一事後，眾人都多加了些警戒，睡覺也不敢睡得太沉，就怕自己會不會在不知情下從魔物領地帶出什麼，在晚上把自己吸成人乾。

所幸再也沒有其他事情發生，第二天一早，眾人便啓程往邊境小鎭出發。

有了昨晚的救命之恩，埃蒙對艾德的觀感有了翻天覆地的變化。再加上他對人類這種只存在於歷史中的種族充滿好奇心，於是路程中，埃蒙一直好奇地詢問艾德許多人類的事情，艾德都很有耐心地告訴了他。

看到埃蒙與艾德相處得這麼好，雖然貝琳對於艾德的人類身分有些顧忌，不想弟弟過於親近他，但猶豫片刻後還是沒有阻止。

畢竟埃蒙雖是獸王之子，可因爲比較矮小、獸體又不威武——獸族有強者爲王的種族特性——從小不只交不上什麼朋友，在族中更備受同齡人欺凌。

現在見兩人如此投緣，貝琳最終還是不忍心阻止他們的交往。

艾德滿喜歡埃蒙這個獸族的小話嘮，他說話時的聲音很歡快，再加上艾德本就是個很有耐性、擅於聆聽別人說話的人，並不會對埃蒙好奇的詢問感到煩躁。

埃蒙爲人單純，想到什麼便說什麼。從他的話裡，艾德能夠了解到現在魔法大陸上的不少事情。

比如現在各種族都在努力收回被魔物佔據的土地，以往人類帝國的領地被四個種族包圍在中間，這也代表深淵正處於魔法大陸的中心位置。

無論是魔物還是四大種族，都想擴展領地。雙方絕對無法共存，最終的結果不是四大種族滅盡魔物，就是四大種族遭魔物消滅。

這些年來四大種族已經收回了一些失地，那些原本屬於人類的土地的歸屬便成爲了一個問題。

「現在我們所處的地方正是結界邊緣的無主之地。因爲在奪回土地的戰爭中，四大種族皆有參與，因此這些土地是由四大種族共同擁有。畢竟大家爲了收復的事都出了不少力，把領土歸給哪個種族，其他方也不會服氣，倒不如大家共享。我們接下來要去的小鎮便是由各種族共同建立。雖然是這麼說啦，但其實小鎮人口有八成是獸族，畢竟其他種族的人口都不多嘛，根本用不了這麼多地方，哈哈！」

埃蒙巴啦巴啦說了一番話，雖然這些內容讓艾德了解到不少魔法大陸的近況，然而聽在他耳中卻有些不是味兒。

任誰聽到自家的國土被人瓜分，心情都無法愉悅起來吧？

艾德只得在心裡安慰自己，人類都已經滅亡了，國家也不復存在。這些土地與其被魔物佔據，倒不如給其他種族定居。

貝琳一直關注著弟弟與艾德的狀況，見埃蒙聊著聊著又口沒遮攔了起來，不由得無奈地伸手摀住了臉。幸好艾德爲人豁達，並沒有因此而遷怒埃蒙，貝琳於是安心地吁了口氣。

「哼，裝模作樣。表面一副不在意的樣子，誰知道他心裡怎樣想？」

聽到身旁丹尼爾的冷言冷語，一副看不慣艾德的模樣，貝琳與布倫特交換了一個無奈的眼神。

貝琳看了看艾德，又看了看丹尼爾。前者高雅溫潤，後者桀驁不馴。老實說，無論貝琳怎樣看，都覺得艾德比丹尼爾更加像個精靈。

但她並不是性格單純的埃蒙，知道有些話是不適合說的，倒是沒有把心裡的想法說出來。只是每次看到丹尼爾找艾德碴時，她心裡都有滿滿的違和感，總覺得他們的角色彷彿互換了一般。

不過貝琳又想到，無論是她、埃蒙，還是布倫特，不都是族人眼中的異類嗎？

大家都是半斤八兩，也別五十步笑百步了。

05.
邊境小鎮

走了半天的路，艾德來到埃蒙口中那個由不同種族共同管治的小鎮。

對於決定到此居住的居民來說，這裡是個擁有極大發展潛力的新市鎮，但也伴隨著危險。畢竟這裡離結界很近，偶爾會有魔物越過結界裂縫闖進來。

因此這座小鎮除了是居民們的家，還是深淵與四大種族之間的一道防線。選擇到這裡定居的人，除了單純的投機者，大部分都經歷過魔物的侵襲，甚至有些人因而受傷，又或者失去重要的親友。這些人無一不對魔物恨之入骨，想爲對抗魔物出一份力。

可想而知，小鎮居民在憎恨魔物的同時，也對人類沒有多少好感。

僅僅一個晚上，布倫特等人找到一名倖存人類的消息便像長了翅膀似地人盡皆知了。這個小鎮的居民也不例外，昨晚便從族裡親友的魔法傳訊中獲得消息。

布倫特這支冒險小隊的成員本就是名人，這座小鎮還暫居了一些調查魔物的冒險者，不少人都認得他們。而與冒險隊同行的艾德，自然便是傳聞中的人類了。

艾德好奇地打量這個各種族聚居的小鎮。在他的那個年代，種族之間雖然很和諧，但其實隱隱帶有競爭關係。這種種族混居的狀況他還是第一次遇見，對此非常感興趣。

的確如埃蒙所說，這裡以獸族數量佔最多，其次是精靈族與妖精，至於龍族，則只有小貓三、四隻。

也許是這裡位置特殊，需要龍族的力量守護，否則這種高傲又自負的種族還眞不屑於與其他種族混居。

有別於其他種族，龍族一向獨居，每頭龍各佔一座山頭生活，即使是夫妻，也只有繁殖期才會住在一起。要不是他們因爲繁殖困難所以數量稀少，只怕龍族領地中還眞沒有那麼多山頭給他們住呢！

這麼想來，不只丹尼爾這個火爆脾氣的精靈很奇特，像布倫特這種老好人性格的龍族也是絕無僅有。

還有性格獨立的貝琳與瘦小的埃蒙，也有別於艾德所認知的獸族男女特質……

就在艾德打量著小鎮、不知不覺走神之際，小鎮的居民也察覺到他這個不速之

客的到來。這些人審視他的眼神，無一不帶著厭惡與抗拒。

早在前往小鎮以前，艾德便已預想到會因爲自己人類的身分，在魔法大陸上承受不少惡意。感受到小鎮居民的目光，雖然艾德心裡很不舒服，可是他知道這種事情往後多得是，他須要學會無視。

艾德彷彿感覺不到四周充滿惡意的視線，大大方方地跟在布倫特身後。這倒讓不少看輕他的人有了些許改觀，覺得至少光從外表看去，人類也沒有想像中的不堪。

這座小鎮人口並不多，往來此處的旅客就更少了，大部分都是前來調查魔物的冒險者，因此小鎮中就只有一間旅館。

布倫特等人要等待各族首領商議出對艾德的處置，這段等待的時間他們決定住在小鎮。因此到達小鎮後，一行人先到旅館租住，好有個落腳的地方。

誰知道只是租個房間，便因爲艾德的身分而出現問題。

「讓他滾出去！我的店不做人類的生意！」旅館老闆是個犬科獸人，長相憨厚老實，看起來本應是個脾氣不錯的人。然而看到艾德後，卻猙獰地要驅逐對方。

一旁的老闆娘被丈夫激烈的態度嚇了一跳，在櫃台後偷偷打量著艾德，一不小心便迎上對方的目光。她頓時像被野獸盯住般露出驚恐的神情，立即移開視線，不敢再看。

布倫特等人也被老闆嚇了一跳，犬科獸人一向待人友善，這還是他們首次看到對人這麼不客氣的。

經過一輪協商以後，店主總算鬆口讓艾德住在旅館用來存放雜物的地下室。被人如此差別對待，即使艾德有著自己會因爲人類身分受到歧視的心理準備，心情仍免不了失落。

店主對艾德充滿惡意的安排，即使是艾德兄長的好友、一直對艾德多加照顧的布倫特也沒有說些什麼。

畢竟這是對方的旅館，是否租借房間也是對方說了算。要是艾德不願意屈就，以他人類的身分在外只怕更難找到地方住。

埃蒙倒是想爲艾德說話，只是卻被貝琳擋了下來。只能睜著小奶狗似的眼睛，歉疚地盯著他看。

艾德雖然很鬱悶，也還是只能接受這樣的安排。

不知道要等多久才能收到各族首領對他處置的決定，住在地下室，總好過這段時間都露宿街頭吧？

於是艾德便認命地搬了進去。

地下室的環境昏暗又潮濕，原本艾德想著自己倒楣就好，讓小鳥跟著布倫特他們住在旅館的房間裡。誰知道小鳥卻很講義氣，硬是要跟著他一起住地下室，對艾德的那副痴纏模樣看得丹尼爾很吃味。

明明就是我先抓到的鳥！

心裡不爽的丹尼爾，臉上表情臭得像有人欠了他錢一樣。不知情的人，還以爲他才是那個被店主欺負的人類呢！

婉拒了布倫特與埃蒙幫忙收拾地下室的提議，艾德帶著小鳥進入暫時房間後，小鳥驅使光明元素發出一陣柔和白光，這光亮彷彿能夠驅散艾德內心的陰暗。

自從甦醒後，艾德一直忙著思考自身的事情，以及適應變得面目全非的世界，無法分出心力去關心小鳥。然而這隻小鳥卻堅定不移地跟隨著他，這讓艾德不由得有些動容。

眼前的白色小鳥，讓艾德想起他曾經飼養的一隻鸚鵡。

那隻鸚鵡也有著漂亮的純白羽毛，是大祭司送給他的禮物，被小艾德取名爲「雪球」。

鸚鵡的寵物性一點兒也不比貓狗差，甚至更加聰明。艾德父母雙亡，兄長又忙著治理國家，很多時候、甚至是他生病時，都是雪球陪伴在側，早已被艾德視爲家人般的存在。

也不知道在他沉睡後，雪球怎麼樣了。已經過去這麼多年，即使雪球能夠活過魔物滅城的災難，現在也不可能活著了。

艾德伸出手指，小鳥拍著翅膀便飛了上去，歪著頭打量著艾德，看起來機伶得很。

艾德被小鳥可愛的模樣逗樂，想起冒險者們曾經說過，這鳥兒正好遇上自己甦醒的瞬間，因爲受到了那道由聖光組成的光柱影響而產生異變，艾德便覺得自己與對方特別有緣。

在所有動物中，艾德本就特別喜歡鳥類。而且這小鳥似乎也認定了自己，艾德想了想便決定把牠收編了。雖然人類的身分令他在這個世界上舉步維艱，可是他一定會盡力去照顧對方的。

決定養這隻小鳥後，艾德總算覺得與變得陌生的世界重新有了連繫。他逗弄了下小鳥，喃喃自語地思考著牠的名字：「你是男生還是女生呢？你的姊姊叫雪球……你又與牠一樣是純白色的……不如叫『雪糰』好嗎？」

小鳥聽到後「啾啾」叫著，看起來很喜歡艾德爲牠取的名字。

艾德陪著雪糰玩了一會，便開始收拾地下室。

地下室原本是旅館用來存放雜物的地方，裡面自然沒有家具。以店主對人類的厭惡，也不會好心爲他提供需要的用品。還是布倫特爲艾德爭取，才拿到了床鋪、被單。

艾德把幾個木箱平排放在一起，再將床鋪等鋪放在上面，便成了簡易的睡床。隨即艾德又推了一個高度適合的木箱放在床邊，用來當桌子用。

做完這些事情，體弱的艾德已經氣喘如牛。坐在床上休息了一會後，恢復了些體力的艾德便把燭台上的火光吹熄，地下室瞬間陷入黑暗。

艾德輕聲唸了一句咒語，便見一顆散發著柔和光芒的光球出現在燭台上，取代了火光照亮空間。

這顆充滿光元素的聖光球，對祭司來說是最簡易的入門魔法。聖光除了能夠驅逐黑暗外，還可以潔淨污濁之物。在光球出現的瞬間，地下室那股潮濕悶熱的感覺消失了。明明地下室還是地下室，空間卻煥然一新。

艾德把脖子上那條刻了光明神教徽章的項鍊放在桌上，便把這當成了祭壇，開始了每日的禱告。

在人類滅亡的現在，也許除了艾德以外，已經沒有人再信奉光明神了。然而艾德卻不會因此迷茫，他的信仰堅定且虔誠。

長大後的艾德只是跑不快，很容易便感疲倦與生病，但小時候的他身體比現在差多了，吹吹冷風就會吐血，即使是大祭司出手，也只能讓他稍微好過些，卻無法徹底治好。

因此艾德的童年就像在萬丈懸崖上踩著鋼索，只能小心翼翼地過活，無時無刻帶著也許下一秒便會迎來死亡的恐懼。

艾德永遠記得有次他在深夜突然發起高燒，病情來勢洶洶，那時候他已經沒有氣力喊人也無法動彈，沒有任何人發現他的異樣。

年幼的他恐懼萬分，人在脆弱時特別容易寄情於信仰，他也不例外，只能小聲沙啞地邊哭泣、邊呼喊兄長與大祭司這兩個對他來說最親近的人的名字。

意識逐漸模糊之際，病重瀕死的小艾德開始向光明神禱告。

就在那時，奇蹟發生了。

艾德感覺自己被一股柔和光芒包圍，身上的痛苦瞬間消去，全身暖洋洋的，就像泡在溫泉裡。

他曾經偷偷看過大祭司送走一個臨終的老伯，老伯原本因驚恐而變得猙獰的表情，爲什麼會在聖光的包裹中變得安詳，這瞬間小艾德總算明白。

同時，小艾德也是在那個時候，相信了光明神的存在。

第二天，當大祭司知道昨晚聖光降臨後，更直呼這是神蹟。要知道艾德那時還是個完全沒學過魔法的孩子，然而這孩子身上自那晚後便擁有著濃厚的光明元素，這絕對是光明神的眷顧。

即使艾德是皇族，讓他進入光明神教會帶來不少麻煩，光是安德烈那關便不容易過了，可是大祭司還是把艾德收爲學生，甚至讓他繼承自己的衣缽。

把艾德收爲學生後，大祭司開始教導艾德學習光明魔法。艾德學得認眞，並展露出他驚人的天賦。

艾德是光明神的忠誠信徒，即使到了人類已經滅亡的現在，艾德的信仰依然沒有絲毫改變。

他之所以信仰光明神，不是認爲有了信仰便可以獲得躺贏的人生，因此不會把人類滅亡的責任推到神明頭上，又或者因爲神明的無能爲力而失望。

從很小時候起，艾德便知道他信仰的神明不是全知全能。

可艾德永遠無法忘記，當年他在生病絕望時所感受到的、那來自神明的慈悲與溫暖。

就在艾德禱告的時候，不遠處的結界出現了一陣騷動。

布倫特等人不知道，在他們離開結界後，那些尾隨他們的魔物並沒有像預料般停止追蹤，反而不怕死地紛紛撞上結界。一批魔物被結界消滅，卻又有一批魔物撞過去。

在光柱出現的瞬間，方圓十里的魔物都像是嗅到血腥味的野獸般，露出了猙獰表情。它們內心產生一種躁動，彷彿有道聲音告訴它們，天敵已經出現了，必須趁著天敵還未成長前將其擊殺！

這些完全被本能支配的黑暗生物，全都不要命地瘋狂衝擊結界！

結界對魔物有著毀滅性的攻擊力，大部分魔物在觸碰到結界的瞬間便化成飛灰，然而因爲衝向結界的魔物實在太多了，源源不絕的魔物衝擊抵銷了結界的效果，它們以大片魔物被清空爲代價，竟然有幾隻眞的拚著重傷成功逃脫出來。

這些魔物都受到不同程度的傷害，然而卻沒有躲起來等傷勢痊癒再進行獵殺。它們像是迫不及待般，明明毛髮都被黑色血液染黑，卻不約而同地皆向著同一方向趕過去！

艾德並不知道他的出現，引起了魔物大規模暴動。

他完成禱告後，便感到有些餓了。地下室不見天日，難以察覺到時間的流逝，當艾德離開去找東西吃時，才發現原來已經到了吃飯時間，難怪他會感到肚子餓。

正要前往地下室找艾德的布倫特，正好與前往餐廳的艾德不期而遇，笑道：

「眞巧，我們已經在餐廳找了位子，正想通知你過去一起吃呢！」

說罷，布倫特又看向站在艾德肩膀上的雪糰：「還有小白鳥，丹尼爾特意爲牠準備了一些穀物與麵包。別看那小子舉止粗魯，但他其實特別喜歡小動物。」

艾德知道布倫特是想讓他與丹尼爾好好相處，故意在他面前說對方的好話。很可惜一直是丹尼爾單方面厭惡艾德，而對方既然沒有好臉色，艾德也不會硬湊上去。

這段時間大家逼不得已綑綁在一起，艾德認爲如果彼此相看兩厭，也不用故意拉關係，只要雙方保持距離、不過分干涉就好。

因此對於布倫特的好意，艾德只有裝作領略不到他的意思，伸出手指搔了搔雪糰毛茸茸的臉頰道：「我已經爲牠取了名字，叫雪糰。」

見艾德有意避開有關丹尼爾的話題，布倫特也沒有逼迫他，改爲與他閒聊別的事情，邊一起走到餐廳。

這座邊境小鎮地方不大，旅客更是沒有多少，一般都是往來的商人或冒險者才會租住旅館。因此店主爲了增加營利，旅館的下層便是餐廳，讓租借在這裡的旅客可以直接在旅館中用餐。

再加上老闆廚藝很不錯，衝著這份美味，不少當地居民也喜歡到這裡用餐，餐廳獲得的營利有時候比旅館的房租還要多。

當艾德來到餐廳時，不由得爲裡面人頭湧動的狀況感到訝異。雖然已經聽說這裡的食物頗受歡迎，可是這遠比艾德想像中還要熱鬧。

艾德卻不知道，今天餐廳之所以坐無虛席，主要還是很多人聽聞有人類租住在這間旅館，特意過來看「珍稀生物」的結果。

艾德才剛踏入餐廳，熱鬧的餐廳頓時一靜，所有人都盯著他看。

被人盯著、感受著各種各樣的負面視線，艾德覺得自己就像動物園裡的猴子，被人當稀有動物般注視著。同時又覺得自己像是攔路的髒東西，被所有人所厭惡。

很快，四周再次熱鬧起來，其中還有不少客人肆無忌憚地對艾德品頭論足，甚至叫囂著讓他滾蛋。

「竟然眞的是人類！這個種族不是滅絕了嗎？」

「滾吧！你一進來，整間餐廳都臭了！」

「就是，一想到我與人類處在一起，便立即沒有胃口……」

眾人的叫囂愈來愈難聽，布倫特皺起眉頭，正要爲艾德說話，卻被艾德按住了肩膀。

艾德知道就像他想到旅館租住房間，然而到了最後卻只能屈居陰暗的地下室一樣，這種備受歧視的狀況會一直存在，他可不能事事都依靠別人爲他出頭，這些事情總要自己去面對的。

即使眞的要借助別人的力量，他至少也要先發出自己的聲音，向眼前這些人提出自己心裡的不滿，而不是躲在別人身後，利用兄長留下來的人情讓布倫特爲自己強出頭。

眞要說的話，他與布倫特也只認識很短的時間，艾德並不想讓對方因爲自己而感到爲難。

在餐廳接待客人的老闆娘也被客人的叫囂嚇了一跳。這位溫婉的獸族女子雖然也不喜歡人類，然而看到艾德才剛踏入餐廳便受到這種無禮的對待，她還是對這名人類青年的遭遇感到同情。

擔心雙方會起衝突，老闆娘連忙上前，向艾德小心翼翼地詢問：「你想吃什麼？我……我把食物給你送到房間好嗎？」

其實艾德內心是不想退讓的，之前之所以願意住在地下室，是因爲旅館是老闆的私人產業，對方不想做自己的生意，艾德總不能胡攪蠻纏。

可這些客人算什麼？

他們自己也只是來用餐而已，憑什麼因爲自身的喜好，讓別的客人滾？

然而看到老闆娘害怕的神色後，艾德還是心軟了。

他不想讓老闆娘難做，便接受了對方的建議。

選擇想吃的食物後，艾德在眾人的嘲笑聲中轉身返回地下室。

看到艾德退讓離開，那些叫囂讓他滾蛋的客人便笑得更歡了。

「呵，剛剛他還瞪我呢！要不是怕人類的血又髒又臭，我眞想揍他兩拳！」

「還以為是個有骨氣的，結果還不是一聲不響地滾蛋了嗎？」

「真解氣，這人一走，空氣也變得清新起來呢！」

「就是，看到那人真是倒胃口。」

原本默默吃著東西的丹尼爾，突然用力拍了桌子一下：「閉上你的臭嘴，就不能讓人安安靜靜吃飯嗎？」

眾人被丹尼爾突如其來的怒氣嚇了一跳，倒是布倫特幾人卻像是早有預料到他會發瘋似地，自顧自吃著東西。

不少人都被丹尼爾的氣勢壓倒，訕訕地閉上了嘴巴，但還是有些人心裡不忿。其中幾個高壯的獸族冒險者更是挑釁地向丹尼爾咧嘴一笑，故意把嘲諷艾德的話說得更大聲。

在眾人看好戲的表情中，丹尼爾緩緩站了起來，走到那桌叫囂著的客人面前，然後舉起拳頭便往對方揍！

明明是個瘦弱的精靈，然而幾名高壯獸人竟然被丹尼爾打得哭爹喊娘。偏偏丹尼爾還不住手，一臉凶狠地專對準人家的臉揍下去。

其他客人的表情從看熱鬧漸變成驚恐。老闆娘想把人拉開卻又不敢上前，最後還是丹尼爾把人揍夠了，才神清氣爽地返回座位繼續吃東西。

餐廳頓時安靜無比，不僅誰也不敢再說一句艾德的壞話，就連說話稍微大聲也不敢了。直至丹尼爾幾人吃完離開後，壓抑的氣氛這才消失。

有些看不慣丹尼爾做派的人，到了此時才敢罵道：「神經病，要保護那個人類的話，剛剛我們說話時又不見他出言維護。等人走了，卻跑出來裝什麼？」

知道內情的人卻搖了搖頭，道：「他能不生氣嗎？誰教你們愈說愈過分，還每句都說到人家心裡的痛處。」

有人不明所以地問：「怎麼說？」

那個知道內情的人賣關子說道：「你們知道那個揍人的精靈是誰嗎？」

被丹尼爾打成豬頭的壯漢們面面相覷，然而不少客人卻像想到什麼般一臉恍然大悟。

「他是誰呀？」

「那個人很出名嗎？」

看到這些人至今仍不知道自己被打的原因，有好心人爲他們解惑：「他就是丹尼爾呀！那個很有名的混血精靈。你們說人類的血又髒又臭什麼的，要知道他也有一半人類的血脈呢，你們剛剛的話，不是連丹尼爾也一併罵了嗎？」

這人的同伴也說道：「就是，傳聞丹尼爾那人是火爆脾氣，身手又好。他讓你們閉嘴，你們卻還要不怕死地繼續挑釁他，這不是找虐嗎？」

同樣身爲冒險者，那些被揍成豬頭的人也聽過混血精靈丹尼爾的凶名。自己剛剛的舉動無疑是在拔虎鬚，想想都感到一陣後怕。

幸好丹尼爾雖然脾氣壞得不像個精靈，可也不是個殘暴的人，不然他身分高、身手好，到時候下重手故意弄殘他們的手腳，也夠他們後悔一輩子了。

06.
魔物入侵

此時的艾德並不知道，先前某些在餐廳裡趾高氣揚嘲弄他的人，已經被丹尼爾狠狠教訓了一頓。他已經回到了地下室，懷著鬱悶的心情等待著自己的午餐送過來。

在餐廳時雪糰已能感受到那些人的惡意，牠不明白自己的主人那麼好，爲什麼會不受人喜歡。現在感覺到艾德不高興了，更是擔心地「啾啾」叫起來。

艾德摸了摸雪糰柔軟的羽毛，覺得心裡的鬱悶緩解不少。難怪這麼多人喜歡養寵物，在失意時有一隻可愛的小動物陪在身邊，實在是一個很好的安慰。

沒有等太久，艾德便聽到有人敲響了地下室的門。打開門一看，便見老闆娘替他拿午餐過來了。

艾德謝過老闆娘、才剛把餐點接過，便見老闆怒氣沖沖地走過來。

老闆抓住老闆娘的手臂，一把將她扯離艾德身邊，氣急敗壞地就像撞破老闆娘給他戴綠帽的場面般：「我不是叫妳別接近他嗎，妳怎麼還偷偷過去見他？」

艾德覺得老闆的反應眞的太誇張了，老闆娘只是拿午餐給他，怎麼老闆活像捉奸在床一樣。雖然聽說過獸族的男性會把妻子視爲自己的所有物，可初次見識到他們的佔有欲，艾德還是覺得傻眼。

見老闆娘被拉得踉蹌著差點跌倒，艾德情急之下心裡話便脫口而出：「什麼叫老闆娘偷偷過來見我？老闆娘可是光明正大地來找我的！」

聽到艾德的話，老闆更加生氣了，質問著老闆娘：「妳竟然還光明正大地去找這個小白臉!?」

艾德聞言一臉黑線，只覺自己好像愈描愈黑了。

老闆這話聽起來，怎麼好像有種老闆娘光明正大地紅杏出牆的感覺……

尷尬地假咳了聲，艾德解釋：「總而言之，我與老闆娘清清白白的，她只是幫忙把餐點拿來而已，老闆你別太苛責她。」

「這是我夫妻倆的事，我怎麼待我的婆娘關你什麼事？」老闆不客氣地反駁，隨即便粗魯地拉著老闆娘離開。

艾德見狀，雖然覺得老闆這樣對妻子不太好，可如老闆所說，這是他們夫妻之間的相處，正所謂一個願打一個願挨，他一個外人也不好多說什麼。

反正只要老闆別以爲自己對他老婆有什麼非分之想就好。

待老闆與老闆娘走遠後，艾德並沒有立即回到地下室，而是對著空無一人的外頭詢問：「要進來坐坐嗎？」

隨著艾德的詢問，躲在一旁的埃蒙走了出來，期期艾艾地說道：「好。」

跟隨艾德進入地下室，在餐廳時沒有爲艾德出頭而耿耿於懷的埃蒙，看到室內簡陋的環境後，更是露出了內疚的神情。

艾德把午餐放到桌子上，拉過一個木箱給埃蒙坐。自己則直接坐到床上，客氣地道：「地方比較簡陋，招待不周了。」

埃蒙連忙搖搖頭，隨即想起艾德還未吃飯，便道：「你趁熱吃吧！別顧慮我。」

艾德的確餓了，聞言也不客氣，直接在埃蒙面前吃起來：「你找我有什麼事情嗎？」

艾德不見外的態度給了埃蒙道歉的勇氣，他表情失落地說道：「我是來向你道歉的。明明我們都是朋友了，可在餐廳時你被別人為難，我卻……」

艾德卻搖了搖頭，止住了埃蒙的話：「我明白你的顧慮，我從沒有因此生過你的氣。身為人類的我在這裡是神憎鬼厭的存在，即使你不介意為了我而站在眾人的對立面，可是你也不能連累其他的同伴，對嗎？」

艾德完全說中埃蒙的顧忌。埃蒙心思單純又講義氣，在艾德被旅館老闆欺壓時已經想要為他出頭了，然而貝琳適時制止了自家弟弟，也讓少年被熱血沖昏的腦袋冷靜了下來。

在與貝琳一起選擇離開獸族時，埃蒙便發誓一定要好好保護姊姊。貝琳是他的親人，也是他最重要的人，因此埃蒙無法接受因為自己強出頭，而讓她陷入麻煩與危險中。

雖然這麼說好像推卸責任，可要是只有埃蒙獨自一人，他是真的很願意站在艾德這邊。然而事情有可能影響到貝琳，埃蒙便退縮了。

想不到艾德竟然能夠這麼準確地猜中自己的想法，埃蒙有些訝異艾德的敏銳，同時又因爲對方的諒解而感動。

獲得艾德的諒解，埃蒙緊繃的心情頓時放鬆下來，再次變得元氣滿滿地恢復了他多話的本性，巴啦巴啦地與艾德聊天。艾德邊吃邊聽他說話，偶爾回答一、兩句，自得其樂的埃蒙完全不介意，自個兒興高采烈地滔滔不絕，少年的熱情讓冷冰冰的地下室彷彿有了生命力。

埃蒙這孩子就像有種特殊的魔力，與他聊天總會讓人的心情也隨之開朗起來。

他說話向來大剌剌的沒有什麼顧忌與規矩，想到什麼便說什麼，說著說著便提及了丹尼爾在餐廳痛毆那些人的事情。

埃蒙說雖然丹尼爾表示他只是想要發洩自己的情緒，但埃蒙卻覺得丹尼爾主要是看不過去，想要爲艾德報仇。

在他們四個冒險者中，也就只有同樣擁有人類血脈的丹尼爾能夠理直氣壯地揍這些人一頓了。

艾德聞言詫異地道：「丹尼爾有人類的血統？他是混血精靈？」

實在不怪艾德這麼驚訝，在冒險隊中，就只有丹尼爾老是找他麻煩，一副對人類深惡痛絕的模樣。

誰能想到，丹尼爾竟有著人類的血脈？

見艾德如此訝異，埃蒙的驚訝不比他少：「光是看丹尼爾的耳朵便知道了，他的耳朵比一般精靈短，你不是看過他脫下兜帽的模樣嗎？」

「呃……我的確有注意到，只是我不知道這是混血精靈的特徵啊……我只以爲他的耳朵長得比較特別而已。不是也有些人食指會比中指長嗎？甚至有些人有六隻手指啊什麼的，我以爲他的耳朵也是差不多的狀況。」艾德無奈地說道。

埃蒙哭笑不得：「不，丹尼爾的短耳朵是混血精靈的特色。他很介意有著人類的血統，所以才總是戴著兜帽。只是我們這支冒險隊比較出名，所以很多時候他都會被別人認出來。」

艾德想起之前自己曾與丹尼爾發生過的一次爭執，那時候他說丹尼爾無禮，性格根本不像精靈。當時丹尼爾的表現很反常，看起來像是逃避似地一言不發便離開。

有一瞬間，艾德覺得丹尼爾露出了受傷的表情。可當時他想著自己是不是看錯了，畢竟一直被惡劣對待的人是自己，他也只是小小地諷刺了丹尼爾一聲罷了，丹尼爾怎會露出比自己還要傷心的模樣？

只是當時丹尼爾的表情卻一直讓艾德記在心裡，並對自己也許傷害到對方一事耿耿於懷。

現在得知丹尼爾原來是人類與精靈的混血，艾德肯定自己當時沒有看錯了。他之前說丹尼爾不像精靈族的言論，眞的傷到人了。

丹尼爾明明擁有一半的人類血統，然而他對人類的態度卻是抗拒甚至厭惡的，是不是他曾因爲精靈族以外的另一半血脈吃過大虧？又或者他因爲人類而受過傷害，因此才會如此痛恨人類？

有時候一句話能深深傷人，並不是因爲那句話有多惡毒，而是這話到底是否擊中對方的弱點。

看到艾德深思的模樣，埃蒙誤以爲對方對冒險隊爲何出名感興趣，便解釋：

「布倫特是龍族長老的兒子，丹尼爾的母親是精靈女王的妹妹，我與貝琳是獸王的孩子……不過這些還不是我們出名的原因……」

艾德忍不住被埃蒙的話勾起興趣，因爲得知丹尼爾混血的身分，又想到這些天來體認到的冒險者們的性格，艾德對於埃蒙要說的原因心裡有了點猜測。

只見埃蒙尷尬地搔了搔臉，道：「我們的性格有些特別，都與族人格格不入。」

艾德點了點頭：「這點我也發現到了，龍族高傲，而布倫特卻是個溫和的老好人。精靈優雅，丹尼爾卻有著壞脾氣……」

說到這裡，艾德便沒有繼續說下去。畢竟當著當事人的面品頭論足對方與對方姊姊，似乎有點不禮貌。

埃蒙倒是大剌剌地毫不介意，坦誠說道：「獸族以強者爲尊，我長得矮小，獸型是猞猁，並不是獅子、老虎等外表威武的大型猛獸。身爲獸王之子，我一直被族人看不起。至於姊姊……剛剛你也看到了，我們獸族的女性大都像老闆娘那樣溫柔體貼，姊姊她的性格過於強勢，從小便喜歡練武、擅於狩獵，因此我們姊弟總引來不少閒言閒語。」

艾德聞言，不禁向埃蒙投以同情的目光。

雖說獸族以強者爲尊，然而也不會歧視弱小。要不是埃蒙是獸王之子，他的生活一定比現在好上百倍，也不須承受身分光環所帶來的壓力。

同時艾德也爲貝琳感到可惜，她雖然不像一般獸族女子般小鳥依人，但依然是很有魅力的女性。艾德覺得這種堅強自立的女性更讓人尊敬，可是這種女子在獸族中只怕是異類了吧？

還有布倫特，脾氣溫和的龍族不好嗎？好脾氣並不代表軟弱，脾氣暴躁也不代表勇敢啊！

至於丹尼爾……這個人就算了，艾德不想評論。

突然地，艾德想到埃蒙剛剛那番話的奇怪之處：「不對啊！我記得獸王的獸體是火鳥，他能夠利用獸族的聖物轉生輪迴，因此獸王從沒有結婚生子對吧？」

「當年人類滅亡、魔物蜂擁而出時，各族合力設下了困住魔物的結界，每一個種族對此都做出了很大的犧牲。」埃蒙聞言露出悲傷的表情，獸族少年難過地說道：「我們獸族，便是犧牲了聖物的能量來製造結界，從此獸王便失去了轉生能力，獸族已經沒有火鳥很多年了。」

艾德聞言整個人僵住了，難怪獸族那些人對他這麼不客氣……人類讓獸族永遠失去了他們的王，這是多大的仇恨？

然後又聽埃蒙說道：「還有精靈女王的妹妹，因此耗盡魔力而死。龍王也在那天傷及根本，現在實力大不如前了。妖精的母樹，亦因爲力量耗盡而陷入沉睡……」

艾德：「……」

他有些擔心各族首領對他的裁決了，不知道會不會被人五馬分屍……

就在艾德震驚於人類與各種族間接的血海深仇之際，地下室突然傳來一陣強烈震動。

難道是地震!?

原本陷在自身思緒裡的艾德，頓時被嚇得一陣激靈，一手抓住雪糰、一手拉住埃蒙想要退出去。就怕跑得遲了，會被倒塌的牆磚活埋。

結果他才剛跑到地下室大門，便聽見外頭傳來一陣拍門聲，隨之而來的便是丹尼爾的怒吼：「有敵襲，快出來！」

艾德聞言鬆了口氣，雖然由外面的聲響判斷，似乎戰況激烈，敵人實力應該不弱，但絕對比自己身處地下室卻遇上地震好多了。

這個小鎮是各種族共同擁有的聚居地，不會存在種族攻打種族的情況，遇上敵襲的話，敵人也就只有魔物了。

雖然甦醒後聽過不少魔物的事情，然而艾德還沒眞正遇上這種可怕的生物。他對魔物的認知，也只是從人們的言論中想像出來，因此猜到自己將要面對魔物時，艾德心裡充滿了好奇。

當然緊張感還是有，然而卻也沒有太多的擔心。人類滅亡這麼多年，也許別的種族不清楚，可艾德自己還不知道嗎？要論驅逐黑暗生物，教廷的祭司絕對是專業戶呀！

只是埃蒙並不知道這些，看艾德跑不到兩步便已氣喘吁吁，埃蒙膽戰心驚地怕他跑不了兩步便暈倒，更不要說讓對方成爲戰力了。

雖然艾德曾在變異野草手下救過他一命，但埃蒙當時只是不慎被偷襲才會處於下風。光明之力能夠剋制魔物沒錯，可是使用它的艾德是個戰五渣，何況魔物的危險性與攻擊力，又怎是變異野草可比？

讓艾德正面對上魔物，怎麼看他也活不過十秒呀！

埃蒙告訴自己一定要好好保護體虛力弱的艾德，獸族少年頓時生出了滿滿的責任感。他拔出腰間短劍把艾德牢牢護在身後，這才推開了地下室的門。

被人如此小心翼翼地保護著，艾德對此完全接收良好。畢竟他們祭司屬於支援的角色，平常戰鬥時往往不會離戰場太近，處於被聖騎士保護的位置。

但處於離戰場稍遠的位置只是不想受到波及或干擾近戰隊伍的節奏，並不代表祭司沒有用處。只要祭司不倒，那麼在前方戰鬥的騎士也不會倒下，因此艾德可是心安理得地被埃蒙保護著。

然而不知道內情的丹尼爾，看到艾德躲在埃蒙這個未成年的背後、一副理所當然被保護的模樣，頓時皺起了眉頭，並毫不留情地嘲笑道：「呵！廢物！」

艾德挑了挑眉，也笑了：「呵！你一會兒可別求到我的頭上。」

丹尼爾聞言只覺得好笑，看到對方跑兩步便喘得要斷氣般的樣子，實在不明白對方的信心到底從哪裡來的。

只是現在並不是與對方吵鬧的時候，即使再不喜歡艾德，光是衝著對方昨晚救了埃蒙的命，丹尼爾也會盡力保護他。

埃蒙見地下室外只有丹尼爾一人，便詢問：「姊姊與布倫特呢？」

「闖入小鎮的魔物不只一頭，他們正與魔物戰鬥，由我們來護送艾德離開。」丹尼爾急速地說著。

雖然布倫特把艾德的安危交給了他與埃蒙，可是丹尼爾卻認爲兩個戰力一起保護艾德也太浪費了。他打算與埃蒙一起把艾德送到遠離小鎮的安全地點後，便趕回小鎮幫忙，留下埃蒙保護艾德就足夠了。因此他現在滿心想的都是立即把人送走，好盡快趕回來幫忙。

然而丹尼爾心裡急著走，艾德卻不太合作：「等等！我也可以幫忙……」

丹尼爾撇了撇嘴，不等艾德繼續說下去，硬是拉著他走。

艾德完全無法對抗丹尼爾的力道，也不知道丹尼爾的身材明明就像一般精靈那樣高高瘦瘦的，到底哪來這麼大的力氣。

埃蒙在一旁勸道：「艾德，我們快找地方躲起來吧！雖說聖光可以剋制魔物，可是你又沒有練過武。何況人類的身體很弱的不是嗎？你們連爪子也沒有呢！」

看到埃蒙一副「好可憐喔！人類是連爪子也沒有的生物」的模樣，艾德頓感哭笑不得。

此時丹尼爾看他還是不合作，拉拉扯扯地逃亡實在太沒效率，便乾脆把人扛了起來。

這姿勢讓艾德的胃被壓著，剛剛吃的午飯差點兒吐出來。雖然感覺很不舒服，可艾德仍在努力說服著他們：「別忘了，我是個祭司呢！」

丹尼爾被艾德的掙扎亂動弄得很煩躁，差點忍不住把人丟下來。聽到艾德的反駁後，更是不屑地嘲弄：「那你就找個地方躲起來求神庇佑好了，別來添亂！」

丹尼爾扛著艾德，與在旁邊護衛著的埃蒙離開了旅館，來到大街上。

街上行人正慌張地逃往安全處，還能看到一些被怪物破壞的物件與路人慌亂間遺落的雜物，甚至還有些不知道屬於誰的血跡。

此時四周颳起一陣強風，一隻頭上長有羊角、背上有著蝙蝠翅膀的單眼怪物從天而降。眼看怪物便要撲向一名走避不及的路人，丹尼爾反應迅速地射出一箭！

即使肩上扛著一個大活人，可丹尼爾的動作依然行雲流水般地賞心悅目，而且完全沒有影響到這一箭的準度，一箭射中了怪物的獨眼！

怪物慘叫一聲後拔出箭矢，冒著黑色血液的傷口以肉眼可見的速度迅速癒合。

除了眼睛的傷口外，怪物身上還有幾處仍未痊癒的傷勢。以它剛剛快速的癒合速度來看，之前應該受了頗重的傷，就是不知道什麼原因，讓它即使受了這麼重的傷也不躲起來休養，反而到處趴趴走。

艾德首次直面這種渾身死氣、完全沒有活物氣息的怪物，立即猜到它的身分。

這隻醜陋的怪物……便是「魔物」吧？

跟那些被暗黑死氣影響而異變的物種不同，這是由深淵而來的魔物，是不應該存於魔法大陸的。

「長得真醜。」艾德忍不住吐槽，眼前的魔物長得實在太辣眼睛了。

埃蒙也心有戚戚地點了點頭：「它們有各種不同形態，我還見過更醜的呢！」

丹尼爾都快被這兩人毫無危機感的對話氣死了，他把艾德放回地上，邊把他推往埃蒙邊怒斥：「我來對付這魔物，你們快給老子找地方躲藏起來！現在！立即！」

埃蒙被丹尼爾那瀕臨暴走邊緣的怒吼嚇了一跳，馬上拉住艾德便要離開。

把艾德交給埃蒙後，丹尼爾就不再理會他們，專心致志地對付敵人，朝眼睛傷勢已痊癒大半的魔物再射出一箭。

魔物發出刺耳的吼叫聲，只見它拍動翅膀颳起一陣強風，把迎面而來的箭矢吹走，隨後更向丹尼爾噴出一股充滿不祥感覺的煙霧！

丹尼爾迅速避開，然而還是吸入了些許魔物噴出的煙霧。他只覺胸口一陣疼痛，呼吸隨即變得急促困難——這些煙霧有毒！

有著多次討伐魔物的經驗，丹尼爾雖然不小心中了毒卻並沒有慌亂，身為能操控自然之力的精靈族，他輕易便能催生出解毒的植物。雖然解毒植物需要一些時間才能發揮藥效，中了魔物的毒霧後丹尼爾總要受些苦，但至少性命無礙。

就在丹尼爾要催生植物解毒時，一道溫暖的金光在他身上浮現，竟讓他胸口的疼痛立即消失，呼吸也變得順暢起來！

這道金光，能夠驅除毒氣所引起的負面狀況！

丹尼爾驚訝地往旁看去，果見他以為已經離開的艾德與埃蒙不知何時折返了回來。那道為他祛除體內毒素的金光，正是艾德的聖光！

07.
祭司的實力

被艾德加持聖光在身的埃蒙用力一躍，貓科獸人強勁的彈跳力讓他輕輕巧巧地躍到魔物身前，舉起短劍便往魔物狠狠斬下！

埃蒙在魔物身上劃出了幾道深深劍痕，這種傷勢一般魔物很快便會痊癒，然而這次的傷口不僅完全沒有癒合的徵兆，附在傷口上的聖光對魔物還有著攻擊性，讓傷口擴大了幾分。

明明是自己造成的傷害，可是埃蒙卻看傻了眼，呆了兩秒後興奮得原地直跳：「艾德你太厲害了！就像你說的那樣……不！比你說的效果還要好！你的聖光真有效！」

就在埃蒙興高采烈地對艾德表達出他的敬仰時，魔物再次噴出毒霧，被艾德眼明手快地使出聖光盾擋住了。同時丹尼爾也連射箭矢，全都準確命中魔物的眼睛。

這次丹尼爾的攻擊有了聖光輔助，殺傷力可比第一次強多了，魔物不只眼球被毀，頭顱更直接被轟出一個大洞！

偏偏魔物的生命力就是強悍，竟然這樣子都沒有死去，更吼叫著向丹尼爾的方向又噴了幾次毒霧，然而都被艾德的聖光盾及時擋住。

魔物再次拔出箭矢，但無論是這次的傷口，還是之前被埃蒙斬出的劍痕，都完全沒有痊癒的徵兆，丹尼爾終於願意正視艾德的力量了。

丹尼爾一直認爲神明是不存在的。所謂的祭司，只是些利用特殊能力來妖言惑眾的人。在丹尼爾心目中，之前淨化變異野草已經是艾德能力的極限了。

想不到，祭司竟然擁有如此神奇的力量！

艾德爲埃蒙加了一個聖光護盾後，向丹尼爾挑了挑眉：「你要嗎？」

丹尼爾想到之前自己對艾德滿是嫌棄，還說對方加入戰鬥是添亂，便覺臉上火辣辣地痛。

只是情況危急，丹尼爾也不想因爲面子問題而把增強實力的機會推開，間接讓自己與同伴及四周平民置於危險中。

只要能夠消滅魔物，向艾德低頭又算得了什麼？

然而出乎丹尼爾預料，艾德沒有故意爲難他，很爽快地直接用聖光爲他加了一個護盾。

有了艾德這個魔物剋星從旁協助，丹尼爾的箭矢對魔物來說頓時成了無堅不摧的武器。

更何況旁邊還有一個戰鬥力不弱的埃蒙協助，再加上艾德的聖光支援——祭司的力量既能削減魔物的攻擊力，又能增強隊友的攻擊力——很快，這頭魔物便在三人的夾擊中化為灰燼。

「知道布倫特他們在哪裡嗎？我們盡快趕過去吧！」當艾德發現過來接應他們的只有丹尼爾一人時，便猜到還有其他魔物闖入小鎮，布倫特與貝琳二人應該正與它們戰鬥。

丹尼爾深深看了艾德一眼，這一次，他再也沒有說出艾德會添亂，或讓他躲起來的話了。

「跟我來！」

見丹尼爾轉身離開，艾德沒有多問，連忙追上去。

埃蒙見狀，不由得傻笑起來。剛剛可以說是艾德甦醒以後，與丹尼爾最平和、最沒有火藥味的對話了。

埃蒙覺得艾德雖然是人類，可是他眞的是個很不錯的朋友。同樣地，丹尼爾雖然脾氣不好，還經常罵自己，然而埃蒙卻知道對方是個很好的人，平常他也經常受對方的照顧。

因此埃蒙對於這兩人總是劍拔弩張、無法好好相處感到很可惜。難得看到他們能平心靜氣地對話，埃蒙也忍不住高興。

邊境小鎭因爲鄰近結界，這裡的居民與冒險者沒少與魔物打交道。

經過最初被突襲的恐慌後，沒有戰鬥能力的居民迅速撤離。衛兵與冒險者們，則不約而同地拿起武器對抗魔物。

前往尋找布倫特的途中，艾德等人便遇上幾名冒險者正在圍攻一頭魔物。

「咦！他們不就是嘲弄艾德你的那班人嗎？」

聽到埃蒙的驚呼，艾德便往那幾人看過去，然後他便看到了……幾個豬頭……

他們的臉腫得完全看不出原樣呀！

聽說丹尼爾胖揍了他們一頓，竟然下手這麼狠嗎？

丹尼爾絕對是每一下都瞄準了臉打吧？

看到這些人的慘狀，艾德震驚了。

明明一副毀了容的模樣，卻依然身殘志堅地與魔物進行戰鬥，看起來滿勵志的。

這幾人都是很有經驗的冒險者，攻守之間很有默契，擊敗這頭魔物也只是時間問題，艾德便沒有停下腳步。只是，爲了向他們變成豬頭依然參與戰鬥致上敬意，施了幾道聖光祝福到他們身上。

幾名冒險者一開始被身上發出的金光嚇了一跳，隨即便發現魔物身上的新傷口竟然不再自癒了！

「是那個人類……」

幾名冒險者心情複雜地看著艾德離去的背影，隨即收拾好心情，握著被聖光祝福的武器給予眼前的魔物致命一擊！

當眾人趕到時，布倫特正與一頭魔物展開激烈的戰鬥。

布倫特身爲龍族，而且是戰鬥力強大的火龍，其實只要恢復原形，輕易便能消滅眼前醜陋的魔物。

然而情況卻不允許他這麼做，畢竟龍形力量太強大，不僅能毀滅目標魔物，一不小心還會毀了這座小鎮。

自從布倫特以冒險者身分到處旅行，便鮮少變回本體。龍身的破壞力實在很驚人，這也是龍族喜歡離群獨處，各佔一座山頭生活的原因。

雖說布倫特已壓抑了破壞力，然而他人形時的實力仍是不弱；他的佩劍是特製的，製造這柄長劍的材料可以承受強大的火系元素，讓他能夠把龍息附在上面。

當艾德趕到時，正好看見布倫特一劍斬中魔物，把它燒成了一顆火球！

眞是太帥了！

一直以來，布倫特都是一副脾氣很好的老好人模樣，直至現在看到他戰鬥時那麼倒一切的強大，以及毫不留情的凶悍，艾德這才確實感受到這人的眞正身分，是實力強大的火龍！

布倫特這一擊要是確確實實地落到這裡任何一個人身上，只怕那人不死也沒了半條命。然而魔物的可怕之處，卻是它們對除了光元素以外的各種魔法元素都有著強大的免疫力。

這一擊強大得足以把人燒成焦炭，但對魔物來說卻不足以致命，它不僅沒有死去，更依舊活動自如。

畢竟魔物是沒有痛感的，只要它四肢健在、一息尚存，就依然有著戰鬥力。被燒成一顆火球的魔物氣勢不減地衝向布倫特，沿途它身上的火還點燃旁邊的野草與一棟房子。要是任由它繼續亂跑亂撞，只怕小鎮很快會變成一片火海。

甚至以魔物的自癒能力，只要給它時間恢復，待火焰熄滅後，很快就能痊癒得連傷疤也不會留下。

布倫特面對這渾身是火卻硬是不斷氣的魔物也很苦惱，不是打不過，而是這傢伙血太厚，而且顧忌四周房屋，他不敢用大招呀！

沒看見又一棟房子燒起來了嗎？

就在布倫特進退兩難之際，趕來支援的同伴在他眼中簡直就像發著光一樣。尤其看到艾德也在其中時，布倫特更是雙目都亮了。

不同於人類滅亡時年紀尚幼、對祭司這個職業一知半解的丹尼爾，也不同於對人類的了解全是道聽塗說得來的埃蒙與貝琳，布倫特親身經歷過人類的鼎盛時期，知道祭司的力量在與魔物對戰中有著怎樣決定性的作用。

布倫特不清楚艾德的實力，只是從安德烈口中聽說他這個弟弟很有當祭司的天賦。然而現在這種狀況，艾德的實力不用有多強，只要他能夠壓抑魔物的自癒能力，光是布倫特的火焰便能夠解決掉這魔物了！

艾德也沒有讓布倫特失望，甚至超出了他的期待。

在布倫特的想法中，雖然安德烈說艾德是個很有天賦的祭司，但這話出自他那個弟控好友的口中，可信度自然大打折扣。再加上艾德那副病懨懨的模樣，更讓布倫特對他的實力不抱太多期望。

結果艾德的表現卻讓布倫特很驚喜，只見青年二話不說便爲他設了一面護盾，擋住魔物的衝撞。接著他的長劍生出一股聖光，劍上的火焰頓時閃動著耀眼的金芒，非常璀璨漂亮。

原本艾德只要能稍微壓制一下魔物，至少讓魔物不會渾身是火還能生蹦活跳，布倫特便滿足了，想不到對方竟然這麼給力，連串動作乾脆俐落，更直接給了他的長劍來一記聖光祝福！

要知道，長劍本就承載著強大的火元素，在這情況下加持聖光，且能夠與火焰形成相輔相成的效果，可見艾德身爲祭司的能力絕對不弱。

以往因爲魔物能夠免疫火元素的攻擊，因此布倫特只能發揮不足兩成的實力，每次對上魔物都讓他頭痛不已，又因爲實力無法發揮而很鬱悶。

哪像現在，攻擊能夠實實在在地傷害到敵人，這讓布倫特一掃之前的鬱悶，第一次在對戰魔物時感到這麼爽快！

就在布倫特消滅對戰的魔物之際，又一隻魔物出現了。這次的魔物已經完全不像任何生物，外表如同一顆長滿觸手的噁心圓球。

趁著布倫特給魔物最後一擊時沒有注意它的存在，新來的魔物伸出觸手便要抓向他！

一旁的丹尼爾迅速射出一箭，這一箭穿透了觸手，直接把它釘在地上！

埃蒙都驚呆了：「又一隻！怎麼會有這麼多魔物闖入小鎮？結界那邊出了什麼事情？」

此時一陣慘叫從遠處傳來，丹尼爾與布倫特一時分不開身，埃蒙道：「我過去看看！」

艾德也表示要陪同埃蒙一起過去。

埃蒙雖然年輕，又不像其他雄性獸人那般高大威猛，甚至還因爲自身的獸形而自卑，但實力其實非常不錯。再加上有艾德從旁協助，布倫特對他們很放心，便點點頭，道：「拜託你們了，我與丹尼爾解決這魔物後，會盡快趕過去與你們會合。」

匆匆與布倫特二人分別，艾德與埃蒙便往尖叫聲傳來的方向趕過去。

短時間內跑來跑去，一般人也會覺得累，艾德的體力更是已經快要到達極限。即使他不停想著再堅持一下，然而身體孱弱就是孱弱，擁有再強大的意志力也會有支撐不住的時候。

咬牙堅持著再跑了一會，艾德奔跑的速度愈來愈慢，後來還忍不住咳了口血，嚇得埃蒙怎樣也不肯讓他再跑了。埃蒙原本想抱著艾德走，然而他比艾德矮小，抱著艾德行動實在太不方便了。萬一遇上魔物偷襲，會完全無法做出反應。

於是埃蒙只得把艾德帶到一個陰暗處讓他躲藏起來，自己則獨自前去救人。對此艾德沒有異議，當身體情況不允許時，他並不會任性地爲同伴添亂。只是再爲埃蒙多加了一個聖光祝福，讓加持在他身上的聖光足以抗敵。

埃蒙離開前拍著胸口保證：「放心吧！別看我好像很不靠譜，以前我也曾殺過魔物的。這次還有艾德你的聖光輔助，對上魔物也一定沒問題，艾德你就在這裡安心休息吧！我過去幫忙，解決了魔物後便回來找你。」

目送埃蒙遠去的身影，艾德嘆了口氣，雖然他也很想幫忙，可是身體跟不上，也只能無奈退場了。

摀住依舊不斷悶痛的胸口，艾德無力地坐在地上喘氣，雪糰飛到他的肩膀上蹭了蹭，給予艾德無聲的安慰。

雪糰貼上艾德的臉頰時，牠雪白的羽毛發出瑩瑩光亮。艾德感覺到一股溫暖包裹全身，身上的痛苦也因此得到舒緩。這是他所熟知的、被聖光治療的感覺。

艾德的病弱是天生的，因此聖光無法治療他的體質，然而那種溫暖的感覺卻依舊能夠爲他帶來安慰。

聖光雖然無法治療艾德的身體，卻能夠爲他減輕痛苦、補充失去的體力與靈力。如果說身爲祭司的艾德是團隊的支援，那麼雪糰便是這個支援位置備用電源般的存在。

摸了摸雪糰的羽毛，艾德輕笑道：「謝謝你啊，雪糰。」

就在艾德在雪糰的幫助下恢復體力與靈力之際，兩個很眼熟的人影急匆匆地從他躲藏的位置前面跑過。

正是旅館的老闆與老闆娘！

艾德躲藏的位置很好，加上這兩人急著逃跑，因此沒有發現到艾德就在他們不遠處。

而在兩人身後，竟有一頭魔物緊緊尾隨在後！

有別於先前艾德所見的魔物，這個魔物完全沒有固定的形態。它有時候是一團流動的黑色果凍，有時候又像污濁的黏液般在地上滑動。艾德不由得在心裡感慨：魔物還眞的是什麼模樣都有。

想到不久前聽到的慘叫聲，不知道是不是與這魔物有關。埃蒙與這魔物錯過了嗎？還是說慘叫聲是另一頭魔物引起？

之前埃蒙一直很擔心貝琳，不知道貝琳現在怎樣了呢？

艾德心裡閃過不少念頭，雖然看到魔物出現，卻並不打算與它戰鬥。倒不是因爲對老闆曾經的嘲諷與欺辱懷恨在心，而是祭司本就沒有多少攻擊力，現在他的力氣又未完全恢復，跑出去說不定反而添亂。

見魔物雖然緊緊跟在二人身後，可是一時半刻也追不上。老闆他們逃跑的方向，正好是丹尼爾與布倫特所在的位置，只要他們繼續往前跑，便能夠獲得救援，因此艾德並不急著跑出去救人。

然而人算不如天算，也許是體力耗盡、又或者是太緊張，老闆娘不小心摔倒在地。雪上加霜的是，她還跌傷了腿，暫時爬不起來。

「妳這女人眞是沒用！我怎會有這種丟人現眼的妻子？」老闆罵了聲，倒是沒有丟下老闆娘逃跑，而是折回去把人拉了起來。

看到老闆娘實在跑不動，老闆抱住她便要逃，然而緊追的魔物卻不給他逃開的機會。魔物半透明如果凍般的身體分割出一部分，變成黏稠的黏液噴往地上的兩人！

老闆不知道這些黏液是什麼，但直覺知道絕不是好東西，不敢觸碰到。他撿起地上的樹枝把迎面飛來的黏液挑開，這個舉動救了他一命，只見那樹枝很快便被黏液腐蝕殆盡，就連老闆右腿也因爲沾到了一些黏液而受了傷……

之前老闆娘扭傷了左腳，現在老闆又傷到右腿，二人倒眞成了一對同命鴛鴦了。

目擊魔物攻擊老闆與老闆娘的整個過程，艾德皺起了眉。

不對！這不是腐蝕！

它在消化！

那些黏液也是魔物的一部分，被黏液包裹住的東西，都會被魔物吞噬！

艾德很快便發現到黏液落到老闆腿上以後，就像有自我意識般一直侵蝕老闆的傷口。這黏液就像抓住了老闆的腿、不停吃著他的肉的怪物。要是任由它繼續下去，這小小的魔物分身便能要了老闆的命。

再加上兩人身後還有緊追著的魔物本體，艾德再不幫忙，他們就死定了！

雖然曾經與對方鬧過不愉快，然而艾德也不會眼睜睜看著他們被殺。即使身爲祭司的他不擅長戰鬥，可依然選擇了出手幫忙。

艾德一揚手，一道聖光便落在老闆腿上。

因爲對黏液的身分有所猜想，因此艾德所使用的不是治癒術，而是聖光攻擊。果然，傷口上的黏液被聖光包裹後發出一陣尖叫，隨即化成了灰燼。

艾德賭對了，這魔物果然可以分裂自己，並以此成爲攻擊手段！

也幸好艾德當機立斷，不然被魔物分身纏住的老闆，只怕很快便會成爲魔物的食物了。

然而艾德這一擊卻也暴露了他的位置，不知道艾德有什麼吸引魔物的地方，明明已經來到老闆身前的魔物，竟然毫不猶豫地捨棄了眼前的獵物，轉身往艾德攻去！

艾德使出聖光盾擋住了魔物的步伐，只是他的靈力還未恢復，原本略顯蒼白的臉此刻白得像紙一樣。老闆與老闆娘看得膽戰心驚，擔心這人會不會下一秒便斷氣。

趁著艾德擋住魔物的機會，雪糰飛落至老闆受傷的腿上，一陣柔和聖光亮起，老闆的傷口迅速癒合起來。

再次獲得行動能力的老闆猶豫片刻，便趁著艾德阻擋魔物的機會，抱起老闆娘頭也不回地逃跑了。丟下艾德這個救命恩人不管不顧，讓他獨自面對魔物的攻擊。

雪糰氣得啾啾亂叫，可是牠小小的一隻鳥並沒有多少攻擊力，也拿忘恩負義的老闆沒奈何。

被剛救了的人當作誘餌丟下，艾德心裡自然不好受，只是他現在也沒有心力多想什麼，先擺脫眼前困境才是首要之事。

艾德在之前的戰鬥中消耗不少靈力，很快地靈力便將耗盡，偏偏身爲祭司的他戰鬥力低弱，除了聖光便沒有其他攻擊手段。萬一聖光盾堅持不住，艾德便要成爲魔物的口糧。

與其消耗自己在這裡與魔物打持久戰，倒不如用最後的靈力拚一拚！

艾德唸著祈禱文，一道耀眼聖光把魔物包裹在內，一瞬間便讓魔物化爲飛灰。然而還不待艾德露出笑容，便發現這魔物在最後關頭及時分裂了身軀。雖然分身體型細小，甚至看起來還有些可愛，然而卻不損它的凶暴！

這麼細小的魔物分身，只要剛剛的招式再來一次，便可以消滅它了。

只是……他沒這麼多靈力啊！

感覺身體被掏空……

不只靈力，艾德現在全身無力，還開始發起燒來。即使他想逃跑卻也跑不快，只得盡力與它周旋。

雪糰嘗試想要幫助艾德，可惜牠的力量也幾乎耗盡；再加上雪糰所擁有的聖光，與艾德經過鍛鍊與信仰得來的力量有著微妙的分別。那道光柱賜予牠的力量只有治癒與靈力補充，並不具備淨化魔物的攻擊力。

因此雪糰幾次幫助艾德未果，反而差點被魔物吞噬後，也只得拍著翅膀停在半空乾著急。

眼看艾德就要被魔物所傷，一把彎刀及時橫擋在艾德面前，並迅速砍向攻擊他的魔物！

08.
戰鬥結束

「貝琳！」救了艾德一命的人，正是埃蒙的姊姊貝琳。

貝琳向艾德點點頭，隨即舉起沾有魔物黏液的彎刀，微笑道：「不好意思，你還有能力給我的武器加持聖光嗎？我想盡快消滅它，這東西能分裂身體，怪噁心的。」

貝琳的話驟然聽起來好像沒什麼，然而仔細想想卻有著眾多不尋常之處。

艾德想起初次遇上他們的情況，無論是貝琳還是埃蒙，對人類的認知都非常淺薄，而且還有很多誤解。

所以貝琳她……爲什麼能這麼確定聖光對魔物的殺傷力？

要知道就連親眼看到我消滅變異野草的埃蒙與丹尼爾，一開始也低估了聖光的力量啊！

何況她怎麼知道我快耗盡靈力？又是怎麼知道魔物的身體能夠分裂？

難道貝琳她早早便已經在這裡？

對於貝琳的出現，艾德的心裡已有所猜測，只是卻沒有質問對方，而是很乾脆地爲對方的彎刀加持聖光。

彎刀上的黏液在聖光的祝福下頓時消散，貝琳握著彎刀衝向魔物，手起刀落地攻向它！

然而很快貝琳便發現，即使她的彎刀加持了聖光，可她的攻擊似乎無法有效擊殺這頭魔物。

並不是艾德的聖光失效，也不是貝琳斬不中魔物，而是她即使把魔物大卸八塊了，結果竟是讓它分成了八小部分來攻擊人！

也就是說，貝琳斬不死它，魔物被貝琳斬掉的部分還會變成新的魔物發動攻擊，這麼一來根本沒完沒了。

見敵人變多了，貝琳出手反倒束手束腳起來，深怕一不小心下手太狠，又把魔物斬開兩半，爲自己製造出更多敵人。

魔物數量多了起來，有些便往艾德攻去，此時艾德看東西都出現疊影了，只能被動地築起護盾抵擋攻擊，保留最後一絲靈力苦思著消滅魔物的方法。

正因如此，不同於因爲要與敵人周旋而一直移動的貝琳，艾德很快察覺到其中一個魔物小分身的異樣。

與圍攻艾德及貝琳的魔物分身不同，它老待在一個不遠不近的位置，並沒有出手攻擊。

艾德心裡閃過一個想法，思量過自己還有多少靈力後，他向貝琳喊道：「貝琳，能夠把妳左邊不遠處那個待著不動的魔物斬成四份嗎？」

雖然對艾德的要求感到莫名其妙，畢竟把魔物斬成四份又殺不死它，只會製造更多小魔物出來，然而貝琳猶豫半晌後還是決定相信艾德，依照他的要求出手！

見目標被貝琳「刷刷」地斬成四份後，艾德發現果然如自己預料般，四等分的魔物分身之中，只有其中三個衝上前攻擊他們。

艾德不由得勾起了嘴角，輕聲說道：「找到你了。」

一開始發現魔物其中一個分身沒有參與戰鬥時，艾德便生出一個大膽的想法。

艾德猜測無論這魔物再怎樣分裂，總有一個是本體。而本體是其他分裂的分身無法取代的，因此便會有一個魔物的「分身」總是遠離戰場，待在遠處明哲保身。

既然如此，那只要消滅了本體，會不會便能夠徹底消滅這個魔物呢？

艾德此時靈力不足，但如果只是消滅被分裂出來的魔物的某個小部分，他還是做得到的。

他想要賭賭看。

於是艾德讓貝琳再次切割他懷疑的魔物，果然其中一個分身如他所猜想般依舊遠離戰鬥，這更加印證了艾德的猜測。

而它被貝琳斬開以後的體積，正好是艾德用上最後的力量可以消滅的大小！

這一擊以後，艾德的靈力便會完全耗盡。只是他相信自己的判斷，不想放過消滅這個魔物的機會。

艾德一揚手，用盡全力所使出的聖光便落到目標物身上。這一擊他用光了所有靈力，聖光盾也隨之消失。

要是艾德猜錯的話，很快便會被其他魔物分身攻擊，他的這一擊，可說是賭上了性命！

看到艾德的聖光盾突然破碎，貝琳嚇了一跳，拚著受傷撞開一個圍攻她的魔物，貝琳努力趕去想要救人：「艾德！」

可惜她與艾德有段距離，此時趕過去已經來不及了，只能眼睜睜看著其中一隻魔物已然來到艾德身前，向著他撲過去！

貝琳彷彿已能夠看到下一秒青年被黏液消化的慘狀！

然而預想中的慘劇沒有發生，那個朝艾德撲去的魔物，在成功捕食的前一刻倏地化成了飛灰。

不只這魔物，其他魔物分身也在同一瞬間化爲灰燼。

貝琳衝上前的步伐緩緩停下，呆若木雞地看著眼前的狀況，完全不明白這莫名其妙的勝利到底是怎麼來的。

「呼……我賭贏了……」心情一放鬆，艾德便直接軟坐在地。雖然身上已經全無力氣，可是他卻露出了自甦醒過來後最燦爛的笑容。

此時在成功逃跑的老闆與老闆娘帶領下，趕來救人的丹尼爾與布倫特正好看到青年明亮的笑顏。

自從遇上青年，這人總是一副心事重重的模樣。這也不奇怪，畢竟任何人遇上艾德這種狀況，不瘋已經很好了。艾德能夠這麼冷靜面對，心理素質足以讓人驚歎。

然而看著對方現在這沒有一絲陰霾的笑顏，他們忍不住會想，對方以前會不會是一個很愛笑的人？

會不會像個普通的年輕人，與同伴打鬧，笑得朝氣又無所畏懼？

他的笑容眞好看！

雪糰降落在艾德的肩膀上，羽毛閃動著聖光準備爲他補充體力，不過艾德卻制止了雪糰的動作，道：「先爲貝琳療傷吧！」

艾德可沒有忘記，之前他差點兒被魔物擊殺時，貝琳爲了救他硬是拚著受傷趕過來。雖然最後的結果是艾德壓根兒不用她救，但貝琳的一番心意還是讓他很感動。

何況他只是體力耗盡，休息一下就好，可魔物造成的傷口會充斥著暗黑死氣。即使事後丹尼爾的自然之力能夠治療這種傷勢，可是過程中傷患卻會大大受罪。因此相較於爲自己恢復體力，治療貝琳顯得更加重要。

看到雪糰依言爲貝琳治療後，艾德總算完全放鬆下來。之前緊繃著神經時不覺得，現在卻彷彿所有病痛瞬間湧現。過量運動、靈力見底，還發著高燒，艾德只覺胸口一陣悶痛，眼前一黑便軟軟倒下。

只是在失去意識前，他感覺自己好像沒有倒在冰冷的地上，而是落在了一個溫暖的懷抱……

站在我身邊的人……好像是丹尼爾？

所以是丹尼爾接住了我？

啊……這怎麼可能呢？果然我快要燒壞腦子了吧？

艾德醒過來時，差點以爲自己不知道又睡了多少年！

之前他一覺醒來世界便變得人事全非，這讓艾德都快要對睡覺產生陰影了。這次他醒過來，看到自己身處於一個完全陌生的環境——既不是昏迷前的街道，亦不是先前待過的地下室，而是一個明亮舒適的房間！

雖然這房間比不上艾德原本在教廷及城堡的房間華麗，然而對這幾天不是露宿野外，便是只能待幽暗地下室的艾德來說，絕對也算是天堂了。

正因如此，艾德這才懵住了，不知道自己怎會躺在這不知屬於誰的房間裡，甚至還產生了是不是自己再次睡了一個世紀的想法。

然而艾德心裡的猜想很快就打消了，當艾德看到開門進來的老闆娘時，便知道自己剛剛實在想多了。

老闆娘想不到艾德已經清醒，視線與艾德對上後小小地嚇了一跳，隨即逃跑似地轉身離開。

「呃……」艾德伸出手想要阻止，卻只能默默目送著老闆娘的背影。

隨即，艾德伸出的手改爲摸了摸自己的臉頰。

臉沒受傷啊？怎麼老闆娘一副見鬼的模樣？

就在艾德被老闆娘的反應搞得一頭霧水之際，便見貝琳推門進來了。

剛醒來本就有點迷糊，再加上對老闆娘的反應感到莫名其妙，艾德看到貝琳後完全一副茫然的表情，不知道該不該與她打招呼。

若我與貝琳說話，她該不會像老闆娘那樣奪門而出吧？

貝琳見艾德一臉呆呆的，一副被老闆娘嚇到、又因爲對方見鬼似的態度而帶有一絲委屈的可憐表情，沒有了皇子殿下本來的優雅與淡然，給人的感覺倒是變得鮮活起來，反而更讓人心生親近。

貝琳覺得有趣，忍不住想逗逗他。艾德猶豫著不敢動，她也不主動開口。

過了好一會，艾德這才憋不住地詢問：「貝琳，妳知道老闆娘怎麼了嗎？她剛剛一看到我醒來便跑了。」

說罷，艾德忍不住露出了委屈的表情。

貝琳噗哧一笑，語帶嘲諷地解釋：「我猜她只是沒臉面對你而已。那對夫婦曾在危急關頭丟下你這個救命恩人而心虛死了，所以你才不用睡在地下室，免費升級到這旅館最好的房間。」

說罷，貝琳伸手摸了摸艾德的額頭，明明她的年紀比艾德還要小兩歲，然而身爲長姊的她也許習慣了照顧弟弟，竟是給艾德幾分知心大姊姊的感覺：「終於退燒了。昨天你一直昏迷不醒，還發著高燒不退，連那隻小鳥兒的力量也無法讓你退燒，可把大家都嚇壞了。」

說罷，貝琳把才剛病好、渾身發軟的艾德扶起，還體貼地在他背後放了一個背墊，讓他可以坐得舒服一些。

艾德解釋：「發熱是身體不適自主出現的警訊，我這是天生體弱，這種狀況聖光也無法治療，只要好好休息就可以了。」頓了頓，艾德詢問：「說到雪糰……牠在哪兒？」

不是艾德自戀，實在是那小鳥片刻也不願意離開自己，他還以爲昏睡醒來第一眼便會看見牠呢！

貝琳笑道：「牠原本一直待在你身邊，看到你一直不醒，便不間斷地爲你治療。即使後來知道牠的力量對你無用，可那小鳥還是固執地爲你輸送力量。最後丹尼爾看不過去，怕牠會累死便強硬地將牠抓走了，現在也不知那小鳥被丹尼爾關到哪裡去。不久前我還看到丹尼爾拿了些穀物，應該是用來餵小鳥的吧？」

說罷，貝琳掩嘴一笑：「其實我們大家都看出來了，丹尼爾一直在覬覦你的鳥，只是你的鳥對他不假辭色。」

艾德聞言嘴角一抽，覺得貝琳這番話怎麼聽起來這麼詭異呢？

丹尼爾一直在覬覦我的鳥？

只是我的鳥對他不假辭色？

我懷疑妳在開車，只是我沒有證據！

心裡對貝琳這番充滿歧異的話吐槽了一番後，艾德再向貝琳探聽了下現在的狀況：「大家怎樣了？魔物的入侵已經解決了嗎？」

「放心，他們好得很。闖入小鎮的魔物也已經全部消滅了。這次戰鬥中，你的聖光幫上大忙了。」看到艾德關心她的同伴們，貝琳的眼神變得更加柔和。

聽到眾人都沒有大礙，艾德心裡也很高興，可隨即又感到有些奇怪，畢竟他與貝琳男女有別，若是要派人照顧他，至少應該派個男生比較方便吧？

看出艾德心裡所想，貝琳撇了撇嘴，解釋：「還不是因爲那位老闆娘怕自己老公不高興，發現你醒來以後，她不敢主動接觸其他男生，這才找我來照顧你嗎？獸族男人的醋意就是那麼大，眞討厭！」

艾德笑道：「醋意是滿大的，可獸族的男性一般不都是那樣嗎？」

貝琳眉頭深鎖地道：「我就是不喜歡獸族這種風氣，這才跑出來的。獸族的男性都很大男人，他們把女性視爲自己的所有物。至於獸族的女性，則理所當然地受著男人的保護，就像菟絲花般地活著。可她們卻不想想，寄生植物是這麼好當的嗎？要是被她們寄生的植物死亡，那菟絲花就要枯萎了。」

艾德早已察覺貝琳雖然看起來是個溫柔俏麗的女性，然而骨子裡其實很要強，甚至與同爲獸族的埃蒙比起來，貝琳可比自己的弟弟強勢得多。

艾德沒有那種女性便應該待在家裡相夫教子的想法，對於自立的女性，艾德是很欣賞的。然而貝琳的想法與性格有別於獸族多年來的傳統思想，再加上她身爲獸王女兒的身分，只怕這些年在獸族中並不好過吧？

聽聽她的語氣，裡頭所包含的怨氣濃得他這個局外人都聽出來了！

艾德覺得貝琳這些年不如意的生活，讓她有些鑽牛角尖了，想著反正現在沒什麼事情，便與貝琳閒聊起來，順道開解一下對方。

想了想，艾德道：「雖然老闆平常經常責罵老闆娘，看起來老闆娘總是處於弱勢，然而到了危急關頭，他卻對老闆娘不離不棄、拚命保護著她。也許雙方相處，誰是弱勢誰是強勢，只要眞心相愛，其實不用這麼計較。」

貝琳輕笑道：「也許這種在危難時不離不棄的感情，在很多人眼中是很美麗沒錯，然而這不是我想要的。我不想依附任何人，只想活得自由自在。」

艾德認同地笑著點了點頭：「這樣也很不錯呢！」說罷，他便一副漫不經心的表情說道：「可是也許就如貝琳妳這般，老闆娘雖然也覺得自由自在的生活很不錯，可是她更喜歡當一個丈夫背後的賢內助？生活有很多種不同的方式，人也能夠有各種的喜好、各種的活法，也不能說哪樣較高級、哪樣比較低賤。」

見貝琳不說話，艾德也知道自己剛剛那番話也許有點交淺言深。只是他很欣賞貝琳，這少女即使在全族都不看好的情況下，依然堅持自己的想法，這一點是很難能可貴的。

正因爲欣賞她的堅持，艾德更不希望貝琳因爲鑽牛角尖而變得偏激起來。堅持自己的道路是好的，但也應該要尊重別人所選擇的路，而不是輕蔑以視。

艾德剛剛那番話說得不經意，但其實裡頭的含義可謂很直白了。他原本還想著貝琳會不會惱羞成怒，誰知對方卻沒有生氣，反而好奇地詢問：「你在爲老闆娘說話嗎？可之前他們在危難關頭把你丟下，你就不生氣？」

艾德苦笑道：「當時是老闆帶著她離開的，老闆娘根本沒有決定權，要生氣也氣不到她頭上。即使是老闆，我也沒有因爲他的逃跑而怨恨他。雖然在當時那種情況下，看起來他好像很忘恩負義，當我被拋下時也感到有些難過。但仔細想想，其實老闆留下來也幫不上我什麼忙，反而他把傷患帶走，再去找援軍更加有用。在最後，老闆不是有帶著人來救我們嗎？」

說到這裡，艾德又道：「更何況我與老闆素昧平生，甚至我還是他討厭的人類。我與老闆娘的性命放在天秤上比較，老闆當然優先重視的是老闆娘的命。我不覺得這樣是自私，因爲我曾經也有即使犧牲自己的性命也想要保護的家人……雖然我的親人現在已經不在了，可是我還是能夠理解老闆的選擇。」

看到艾德失落的模樣，貝琳沉默半晌，安慰道：「你會再重新擁有的，只要活下去，總能遇上值得你拚命保護的人。」

說罷，貝琳感慨：「與你聊天的感覺眞奇妙，你跟我所知道的『人類』有很大的不同。人類……到底是怎樣的生物呢？」

艾德想了想，道：「人類跟你們差不多吧，都是一種複雜的生物，像老闆會拚命保護自己的妻子，也有丟下同伴逃跑的舉動，妳無法只用黑或白來評價。人類也是一樣，是一種自私又無私的生物。」

說到這裡，艾德笑著建議：「妳不是說想要走自己的路，不受別人的思想影響嗎？既然如此，那就別聽身邊的人胡說八道。用妳的雙眼，好好看清楚人類到底是怎樣的種族就好。」

艾德卻不知道，在貝琳進入房間後，得到消息的老闆便帶著布倫特等人到來。

對於艾德，老闆的觀感很複雜。一開始他是很厭惡身爲人類的艾德，即使艾德其實並沒有對他做過任何不好的事情。對老闆來說，人類的身分便是原罪，也是理所當然欺壓艾德的理由。

然而老闆絕對想不到，在他與妻子遇上危險時，卻是這個曾經被他冷嘲熱諷、甚至不公平對待的人類救了他們。

當時情況危急，妻子又受了傷，老闆做出任誰看了都覺得他忘恩負義的舉動——丟下救命恩人獨自面對魔物，帶著受傷的妻子逃跑！

即使老闆後來有帶人回去救艾德，可他仍是爲自己當逃兵的舉動羞愧萬分，也不知道該如何面對艾德。

這也是爲什麼醋意這麼大的老闆，在艾德昏迷後，把人送進旅館最好的房間，明明因爲心裡過意不去，特意向布倫特幾人爭取照顧艾德的機會，可卻又沒有親自照看，反而讓老闆娘代勞的原因。

實在是……沒臉去面對艾德啊！

得知艾德醒來以後，老闆便去通知布倫特他們，原本他打算把人領到房間後便離開，絕不與艾德打照面。誰知道才接近房間，便聽到裡面傳來聊天的聲音，談話的內容更提及到他。

原本老闆還以爲艾德在說他的壞話，誰知道……

如果現在能夠看到老闆對艾德的好感值，眾人必定能夠看見老闆頭上瘋狂出現「+1」、「+1」等數字！

是人類又怎樣？艾德絕對是個大好人呀！

感動的同時，老闆覺得自己更加沒臉面對艾德了。

想想之前對艾德的態度，竟然這樣欺負一個那麼好的人，他不是人啊！

老闆深深反省著，決定往後的日子要把艾德當貴賓看待，只求能夠以此贖罪就好。

至於現在……他還是不想與對方碰面，眞在太尷尬了！

這麼想著，老闆向布倫特等人示意過後，便逃也似地離開了。

09.
重返遺跡

跟隨老闆一起過來的布倫特、丹尼爾、埃蒙三人面面相覷，隨即布倫特小聲感慨：「貝琳對艾德的印象似乎很好啊……她是故意的吧？」

埃蒙聞言點了點頭，丹尼爾則一臉不爽地撇了撇嘴。

要知道這些年來嘲諷人類的黑料滿天飛，可有一點沒有說錯，便是人類的體質天生不如其他種族。

沒有經過鍛鍊的普通人，他們無論是體質的強悍還是五感的敏銳，都不如其他四大種族。

像艾德這些不在戰鬥體系的祭司，聽覺遠不如布倫特等人靈敏，因此察覺不到老闆他們在偷聽，不知道眾人把他與貝琳的對話全都聽進耳裡。

只是艾德不知道他們在偷聽，貝琳卻也不知道嗎？

也許老闆還不清楚，可是身爲貝琳同伴的幾個冒險者，都知道以貝琳的聽力，在他們來到門前時便已知道得一清二楚。

然而她卻沒有告知艾德，甚至還引導對方繼續說話。在艾德對當事人其實正在門外偷聽一事一無所知的情況下，他所說的話完全出自於真心，更讓老闆感受到艾德的善良與胸襟。

貝琳她，是故意在幫助艾德的吧？

老闆走後，眾人沒有繼續在門外偷聽，敲了敲門便進去了。

房門才剛打開，被丹尼爾帶來的雪糰已迫不及待地飛入房內，飛到艾德身上啾啾啾地叫著。偏偏艾德就像聽得懂鳥語一般，眉目溫和地回著話，於是場面便變成：

雪糰：「啾啾啾！」

艾德：「放心吧，我沒事。」

雪糰：「啾啾啾！」

艾德：「嗯嗯，雪糰很棒！」

雪糰：「啾啾啾！」

艾德：「我也很想念你呢！」

眾人：「……」

什麼鬼!?

埃蒙好奇地詢問：「艾德，你聽得懂鳥語嗎？」

結果艾德理所當然地回答：「當然不懂，我就只是想跟雪糰說說話而已。」

埃蒙：「……你喜歡就好。」

偏偏雪糰似乎很高興艾德回應了牠的叫聲，也不介意他們在雞同鴨講，高興地拍動著翅膀，就連叫聲也高昂了幾分。

別看雪糰小小一隻，興奮時的叫聲響亮又尖銳，與艾德站得最近的貝琳忍不住往後退了兩步。看著面不改色地被鳥叫聲摧殘的艾德，貝琳心裡頓時生起一股敬意。

看到貝琳敬仰的神情，艾德心裡哭笑不得。心想他以前養的鸚鵡時不時便喜歡尖叫一番，他已經很習慣了。

養鸚鵡的人，別的不敢說，耳膜一定強！

布倫特爽朗一笑，上前拍了拍艾德的肩膀：「沒事了吧？」

艾德微笑著點了點頭：「之前只是太累而已，現在身體已經恢復過來。」

布倫特上下打量了艾德一番，然後他發現……他實在看不出艾德到底恢復了沒有！

實在是對方平常便是一副臉色蒼白、風一吹就倒的模樣，看起來與生病中的病人根本沒分別！

不過艾德都這麼說了，布倫特也就相信對方是真的沒事，他想，艾德總不會拿自己的身體來開玩笑。

於是布倫特便向艾德提議：「既然你已經沒事，現在我們留在小鎮也沒有什麼事情，想不想回到我們發現你的地點看看？」

艾德聞言，頓時驚喜地瞪大雙目：「可以嗎？」

丹尼爾則皺起了眉，嚴厲地警告：「布倫特，你別亂來。我們還不知道上層會怎樣處置他，現在我們應該做的，是留在這裡等族裡傳來的消息，而不是帶著這個人類到處亂跑！」

布倫特卻自有他的道理：「你們之前也看見了，艾德的力量在與魔物戰鬥時擁有絕對的優勢。哪怕祭司不擅長戰鬥，可是只要有艾德在隊伍中，便能大大提升我們面對魔物時的戰鬥力。既然如此，艾德的要求我們也應該重視，說不定在他甦醒的遺跡裡還有著其他特異之處呢。」

說罷，布倫特又道：「何況小鎮突然出現這麼多魔物，我擔心結界那邊出了問題，想去看看。既然須要折返，而我們發現艾德的地方就在結界邊界處，帶著他一起走一趟也只是順路罷了。」

布倫特的道理一套一套的，丹尼爾實在無法反駁。何況之前的戰鬥中，他也受到艾德的幫助；再加上這小段時間的相處，丹尼爾發覺艾德這個人類不是如他所想那般一無是處，最終便冷哼了聲，默許了布倫特的提議。

至於獸族姊弟埃蒙與貝琳，他們也許一開始對人類有著厭惡，然而在與艾德相處過後都覺得這人不錯；加上之前並肩作戰的情分，他們也贊成讓艾德回去當初甦醒的地方看看。

結果當老闆躲起來做足了心理建設，來到艾德的房間想向他好好地道歉與道謝時，卻發現只能對著人去樓空的房間乾瞪眼。

人呢？

老闆去找老闆娘，才知道就在他躲起來糾結的時候，人家已經離開了……

老闆頓時傻眼。

老闆是個很好面子的人，糾結了這麼久才下定決心要向那個人類低頭，誰知道對方卻已經走了。這讓老闆耿耿於懷，非常後悔自己在有機會的時候沒有坦率地面對艾德。

嘆了口氣，老闆抓了抓頭，道：「沒辦法，我們只好記著這份恩情，下次再遇到艾德，再鄭重地向他道謝，還有好好地向他道歉吧！」

原本眾人顧忌著艾德的身體狀況，打算讓他多休息，待完全康復以後再啓程。

只是當艾德得知可以回到甦醒地調查後，卻怎樣也坐不住了！

艾德堅持他已經沒有問題了，現在只是因爲體力、精神剛恢復，所以看起來才好像還不舒服。艾德從出生那天開始，便沒感受過健康到底是什麼感覺，更加說不上所謂的「康復」，再怎麼調養，他的身體也好不到哪裡。

與其花時間臥床休養，艾德更想立即出發到遺跡調查！

於是在艾德再三保證身體沒有大問題以後，眾人便離開了小鎮。他們並不知道這次突然決定離開，讓旅館老闆錯失了向艾德道歉的機會，捶胸頓足了好久。

離開旅館後，眾人先到市集補充需要的物資。原本他們預計會在小鎮住一陣子，想著有空再添購就好，但魔物的突襲打亂了眾人的計畫，讓一行人來不及採買。

與布倫特這些權二代一樣，艾德這位曾經的人類二皇子也擁有一枚空間戒指，只是艾德以往都是領教廷與皇室的供給，現在要在變得陌生的魔法大陸上生活，空間戒指裡的東西有些便不大適合了，得要補充不少日用品。

雖然空間戒指裡有不少錢幣，只是人類的貨幣現在已經用不上。幸好布倫特給了艾德一些現在市面上流通的貨幣，解決了艾德的燃眉之急。

向布倫特借了不少錢，艾德心裡有些不好意思。然而現在不是矯情的時候，這些錢對隻身一人來到陌生時代的艾德來說非常重要。艾德只得把布倫特的幫助記在心裡，將來有機會再還這份恩情。

在市集裡擺地攤的除了小鎮居民外，還有不少外來冒險者。他們收取貨幣之外，有時候也會以物易物。艾德成功把手裡的人類貨幣當成稀有古董換了些物資。

小鎮居民的攤子一般都是販賣日常用品，至於冒險者賣的貨物則種類多了，不少都是他們冒險旅途中得來的東西，甚至有些貨物連攤販自己也說不出到底是什麼。

除了日用品外，艾德還打算買一張魔法大陸的地圖。現在各種族的勢力分布已經有所改變，艾德想要了解一下。

艾德的視線掃過附近的攤子，很快便看到他需要的東西了。

沒有多想，他直接走到那個攤子前，詢問：「這地圖怎麼賣？」

艾德詢問過後，才發現攤子的攤販，正是他不久前到旅館餐廳吃飯時，對他冷嘲熱諷得最厲害的其中一個冒險者。

記得之前小鎮被魔物突襲時，艾德還看到過這人與他的同伴聯手在跟一頭魔物戰鬥，當時艾德還順手給了他們聖光祝福。

原來他平安無事呢……那就好了。

對方顯然也認出艾德了，二人面面相覷。艾德想著以這人對人類的厭惡，只怕不會賣東西給自己，繼續留下來也只是自取其辱而已。

艾德正要告辭，然而那冒險者卻已經報出了價錢：「一枚銅幣。」

艾德愣了愣，幾乎以爲自己聽錯了：「這麼便宜？」

冒險者露出不耐煩的神情，道：「你愛買不買。」

對方的語氣很不好，可不知怎地，卻給艾德外冷內熱的感覺。相較於初次見面時這人用著惡劣的話語來羞辱他的模樣，現在他對艾德的態度簡直可說是友善得不可思議了。

艾德想了想，覺得對方不怕吃虧的話，這地圖他更是買了不虧，有便宜不佔白不佔！

原本艾德還在猜測，付款時對方會不會反悔，又或者找他的麻煩，然而整個交易過程非常順利地完成，倒是顯得艾德有些小人之心了。

用一枚銅幣買了一張製作精良的地圖後，艾德真心覺得自己賺到了，離開小鎮時，依然保持著很好的心情。

在艾德離開後，那名冒險者的同伴這才走過來，目擊了全程的他們揶揄：「一枚銅幣？你可是吃大虧了！」

更有人忿忿不平地質問：「依我看，你就不該賣東西給他。那可是個人類呀！」

冒險者聳了聳肩：「就當是還他當時出手相助的人情吧！」

聽到他的話，有人面露羞愧，有人贊同地點了點頭，也有人一臉不以爲然。

在市集補充完物資後，眾人便離開了小鎮，折回到他們曾經駐紮的營地。

來到此處時天色已晚，再加上之前在小鎮遇上魔物的襲擊，一行人不知道結界裡出了什麼亂子，這一次，冒險者們對於要進入結界這件事變得謹慎多了，把警戒程度上升到最高級別。

然而直至他們來到結界邊界，一路上卻什麼事情也沒有發生。

「真奇怪，那麼多魔物闖進小鎮，我本以為路上不會平靜呢。」雖然能夠安全到達目的地是很好啦，可埃蒙覺得路上這麼緊張的自己好像變得有些小題大作，不高興地踢了踢路邊的小石子。

看到弟弟孩子氣的舉止，貝琳敲了敲他的頭：「別烏鴉嘴，我可不想被魔物圍攻。」

埃蒙摀住被敲痛的頭，小聲嗚咽了一聲。

艾德見狀同情地看了埃蒙一眼，他已經很深切地察覺到，別看貝琳平常總是笑盈盈的，看起來脾氣很好、很溫柔的模樣，可她骨子裡絕對是個女漢子啊！

而且還是個特別關愛埃蒙的女漢子！

聽她敲打埃蒙的頭聲音那麼響，剛剛那一下的力道一定不小。

「一路上都沒有遇上魔物，可是沿途卻看到不少魔物留下的痕跡……難道離開了結界的魔物，全都有目的性地前往小鎮？」丹尼爾猜測。

眾人都覺得丹尼爾說的有道理，只是這麼一來，事情便更不尋常了。魔物從沒有團體意識，可這次它們卻一起行動……難道魔物也進化出社會性？還是小鎮裡有什麼特別的東西，吸引魔物到來？

布倫特肅起了臉，他想到了這件事情的嚴重性，急於知道結界裡目前的情況，讓眾人加快前進的步伐。

丹尼爾正要催生能夠阻擋暗黑死氣的植物時，艾德卻已先一步為眾人加持了聖光護身。

艾德擔心聖光的光明氣息反倒會引來魔物，因此只為他們附上薄薄一層聖光。這層聖光除了能夠驅逐黑暗，還能夠在必要時為眾人阻擋一次魔物的攻擊。既不用像植物那樣拿著到處走，又能夠保命，絕對比丹尼爾催生的植物好用多了。

丹尼爾臉色一黑，雖然明知祭司是魔物的剋星，可他還是覺得自己被艾德比了下去，心情很不爽。

不過丹尼爾還是接受了艾德的聖光加持，沒有固執地堅持使用自己的植物。畢竟少一分力量，便意味著多一分的危險。身為團隊的一員，他所揹負的不只是自己，還有同伴的安危，容不得絲毫任性。

眾人進入結界後，發現結界裡也是寧靜得詭異。一行人暢行無阻地來到發現艾德的遺跡，過程中沒有遇上任何魔物。

在死氣瀰漫的地方總是難以視物，然而對於身上覆蓋了一層聖光的眾人來說，死氣完全阻礙不了他們的視線。這還是布倫特等人初次在結界裡能夠如此輕鬆視物，不禁對祭司的神奇有著更深刻的認知。

艾德跟隨著眾人往前，邊走邊在腦海中比對著他那個年代的城市位置，愈發覺得冒險者們發現到他的地方，正是其中一座光明神殿。

在艾德生活的那個時代，光明神殿遍布人類的國土。大部分神殿會開放給信徒禱告與祭祀，其中有某幾座神殿則有教廷高層駐守，是教廷高層辦公的地方。光明神殿的主殿在皇城，而幾個教廷分部則位處於一些大城市中。

眾人發現艾德的遺跡，正是光明神教的其中一個分部。

在幾人的帶領下，他們來到那塊出現異狀的石碑前，石碑上還保持著灰塵被丹尼爾抹走了一部分的模樣。艾德仔細辨認出上面依稀可見的祈禱文，終於確定了這個遺跡的確是曾經的光明神殿分部。

艾德仍記得這個作爲教廷分部的神殿當年多麼輝煌，可惜物換星移，現在卻已成爲了魔物的領土，四周只有一片死寂的頹垣敗瓦。

毫不介意手上黏上灰塵，艾德傷感地撫摸著石碑，心裡百感交集。

只是現在不是沉溺在悲傷中的時候，艾德強打起精神詢問布倫特：「你們就是在這裡發現我的？」

布倫特點頭：「就是這裡，當時石碑突然發出耀眼的白光，然後你便從光柱中出現了。」

聽到布倫特的話，艾德想著要是這裡有什麼異常的話，原因應該出自這面石碑。然而他再看一次石碑上的文字，也只是些很尋常的禱告文而已。石碑對於艾德的接觸也完全沒有異常，根本看不出有什麼特別。

「可以再仔細說一下，當時的情況是怎樣的嗎？」艾德詢問。

「那時候埃蒙不小心踩到變異植物，植物噴出不明煙霧。埃蒙避開時不小心撞到丹尼爾，丹尼爾扶住石碑才能穩住身體。然後……光柱便突然出現了……」說到這裡，布倫特想了想，便轉向丹尼爾詢問：「丹尼爾，當時你離石碑最近，有發現到什麼特別的事情嗎？」

丹尼爾回憶著當時的情況，道：「當時我察覺到石碑上面有文字，便抹開灰塵察看……好像也沒有什麼特別的地方……」

說到這裡，丹尼爾像是想到什麼似地，上前打量石碑，隨即露出驚訝的表情。

「這石碑怎麼了嗎？」埃蒙好奇地詢問，並探頭察看石碑一番，然而卻完全看不出到底有什麼不尋常的地方，會讓丹尼爾這般訝異。

丹尼爾指了指石碑的一個位置，皺起了眉頭道：「我記得抓住那隻傻鳥時被牠咬了一口，那時失去平衡，受傷的手曾經扶著這面石碑，因此石碑上應該會留下我的血跡，可是……」

丹尼爾沒有把話說完，然而看著眼前的石碑，誰都聽得出他的言下之意。

石碑上面沒有絲毫血跡！

那麼，染在石碑上的血跡到哪裡去了!?

雖然無法確定艾德的甦醒與丹尼爾的血有沒有關聯，可是他們唯一找到的異狀，便是丹尼爾留在石碑上的血跡消失了，因此暫時只能往這方面去研究。

「要不，丹尼爾你往身上割一刀，再弄些血上去？」埃蒙的話剛說完，便被丹尼爾凶狠地瞪了一眼，嚇得不敢出聲了。

貝琳嘆了口氣，心想：弟弟，你長點心吧。知不知道什麼叫作禍從口出，你總是這麼口沒遮攔，總有一天丹尼爾會忍不住揍你一頓的！

丹尼爾冷笑著反問：「所以你的意思是，因爲你們平空而來的猜測，我便要弄傷自己，好讓你們試驗一下自己的猜想是不是正確？」

雖然埃蒙很想反駁他「割一刀又不用割得多深，只是弄些血便成事了」，可即使他再傻，也看出丹尼爾不爽了，立即求生欲很強地瘋狂搖頭：「不不不！我不是這個意思！我們也只是胡亂猜測而已，其實仔細想來，丹尼爾你與艾德沒有絲毫關係，你的血怎麼會喚醒艾德呢？」

聽到埃蒙的話，艾德卻若有所思地說道：「也許眞的是因爲丹尼爾的血……」埃蒙愣了愣：「可是精靈族的血，跟你有什麼關係呀？」

「不是精靈族的血。」艾德拔出防身的匕首，毫不猶豫地劃破自己掌心，往石碑上抹上一個血手印：「激活石碑的是人類的血……丹尼爾他是混血精靈，他的體內有著一半人類的血統！」

就在艾德的話剛說完，石碑便浮現出一道耀眼光芒，一段被封存在石碑裡的記憶浮現在眾人的腦海裡。

10.
失去的記憶

吶喊聲、慘叫聲，各種聲音充斥在這座繁榮的城市。

平民已疏散完畢，此刻街道上都是凶殘的魔物，以及一眾與魔物戰鬥的士兵。

面對魔物，教廷的聖騎士與祭司有著很大的優勢。他們的聖光破除了魔物的各種防護及死氣的侵襲，讓普通士兵面對魔物時也有了一戰之力。

在教廷人馬之中，一名騎著白馬的青年特別顯眼。除了因爲他明明是祭司，卻是眾人的領軍，正指揮著他們對抗魔物以外，更因爲青年的長相與氣質實在太出色了。

青年有著一頭彷彿被光明神親吻過的淡金頭髮，雖然臉色透著不健康的蒼白，然而紫藍色的眼眸中滿是堅毅，再加上渾身一看便知道出身良好的高貴氣質，在眾人之中簡直是鶴立雞群般的存在。

也許魔物沒有人類的審美觀念，察覺不到青年的外貌與氣質到底有多出色，可它們能感知到青年在眾人之中擁有著最爲強大的光明之力。

在感受到危險的本能驅使下，大部分魔物都以青年爲攻擊目標！

面對魔物的群起而攻，青年卻是沒有絲毫畏懼，魔物的舉動甚至正中青年下懷。他以自身爲餌，啓動了一個由眾多祭司合力準備好的法陣。

就在法陣啓動的瞬間，城裡肆虐的魔物便被滅了足足八成！

教廷設立的法陣，絕對是魔物的剋星！

更加振奮人心的是，在快要看到勝利曙光時，久候的援軍來了。

前來支援的是一隊皇家騎士，能夠進入皇家騎士團的全都是精挑細選的菁英，戰鬥力自然不是一般城衛軍可比。

有了援軍的加入，剩餘魔物已不足爲患，被消滅也只是時間問題而已。

這次前來支援的皇家騎士由皇帝安德烈親自率領。雖然最近國內時不時出現魔物襲擊，但其實就這次狀況的嚴重性，還不足以讓一國之君御駕親征。

安德烈之所以親自前來，是因爲被魔物襲擊的城市裡，住著他唯一的親人。

「艾德！」

聽到安德烈的呼喊聲，那名率領聖騎士與祭司對抗魔物入侵的金髮青年，向對方笑著揮了揮手。

他正是大祭司的弟子，同時也是帝國的二皇子，艾德。

皇家騎士與教廷隊伍合作，剩下來的零星魔物被他們斬瓜切菜地收割著性命。艾德見戰場已沒有他什麼事情了，便策馬來到安德烈面前，好奇地詢問：「皇兄，你怎麼來了？」

安德烈嘆了口氣，道：「當然是來找你的，你知道我得知這裡受到魔物襲擊時，都快要嚇出心臟病了嗎？」

艾德不好意思地小聲說道：「只是魔物而已，我可以處理的。我不是讓人留言給你，讓你別擔心了嗎？」

安德烈也知道自己的反應有些過大了，只是他們從小父母雙亡，是安德烈又當爹又當媽地把艾德養大的。艾德對他來說不只是弟弟，安德烈都把艾德視爲半個兒子了。何況艾德從小身體不好，更讓安德烈掛心。

作爲大祭司的徒弟，艾德早已把自己當作教廷的一分子。安德烈對此並沒有任何意見，只要弟弟想做的他都支持。皇室的事務有他負責，艾德只要做自己想做的事情就好了。

有了安德烈的支持，艾德便安安心心地當起一名普通祭司，他在教廷中的生活與一般祭司沒什麼區別。有時候艾德會跟隨大部隊外出歷練，也爲貧苦大眾治病。

因爲艾德從小大病小病不斷，每一次隨同大部隊外出，安德烈都會非常擔心，更經常讓人匯報艾德的情況。有次艾德生病了，安德烈連連派人過去噓寒問暖，幾乎忍不住要過去看看自家寶貝弟弟到底怎麼樣。這次艾德遇上魔物攻城，安德烈又怎能待得住，不親自前來接人呢？

安德烈，絕對不負他弟控之名！

安德烈仔細打量著艾德，滿意地確定了他除了一臉疲憊外並沒有受傷。

兩人下了馬，安德烈揉了揉艾德的頭，道：「你在這裡與魔物戰鬥，我不親自過來看看又怎能放心？」

艾德好脾氣地任由兄長揉亂他的頭髮，詢問：「最近魔物出現的頻率似乎變高了？」

因爲魔法大陸與魔界這兩個空間偶爾會有短暫的連接，又或者是因爲邪教徒的召喚，國內不時有魔物出現。但近期次數變得愈來愈頻密，而這次出現的數量也太多了。

「嗯，這次回到皇城，我會與大祭司商量一下對策。」安德烈皺起了眉，臉上神情變得冰冷而銳利：「無論如何，不能再任由那些邪教發展下去。」

艾德點了點頭，原本溫潤的眉眼也帶著幾分殺意。

艾德與安德烈的長相足有七、八分相像，別人一看就知道他們倆是兄弟。然而作爲一國之帝的安德烈渾身充滿上位者的威嚴，嚴肅的眉眼，也只有觸及艾德時才會稍顯柔和。

與之相反，身爲祭司的艾德卻是溫潤而充滿親和力。明明是長相相近的兄弟，給人的感覺卻是截然不同。

然而此刻，臉上帶著殺氣的艾德，看起來就像與安德烈同個模子印出來一樣。

任誰看見這對兄弟此刻一模一樣的神情，都會感嘆艾德不愧是安德烈養出來的

「兒子」了吧？

石碑上的光芒逐漸消失，眾人從幻象中清醒過來。他們一時之間都不知道該說什麼才好，對在幻境中所看到的景象深感驚訝。

那段幻象並不只有艾德能夠看到，所有在場被光芒照耀到的人同樣看得見。伴隨著幻象的出現，艾德那段空白了的記憶也隨之恢復了一部分。他這才驚覺到原來自己早已接觸過那些讓各種族聞風喪膽的魔物，甚至還曾與它們戰鬥！

艾德的記憶只恢復了與幻象相應的一部分，他有一種強烈的直覺，說不定其他光明神殿的遺址也藏著他缺失的部分記憶。

想要了解人類過去到底發生什麼事情，以及他爲什麼會沉睡多年，封印在光柱的記憶到底又是怎麼一回事，便須要繼續去尋找眞相了。

可惜艾德作爲世上唯一的人類，受著各種族的猜忌與厭惡，此時的他沒有自由活動的權利。

何況在人類滅絕之前，光明神教是為國教，勢力龐大，光明神殿更是遍布國內。即使艾德能夠到處跑，他也不知道到底哪座神殿與他想知道的事情有關，總不能所有神殿都跑一趟吧？

要知道當年神殿全都處於人類領土上，也就是說，目前大部分都位在魔物領地。若艾德要全部跑一遍，跟作死有什麼區別？

不知道是不是感受到艾德內心的糾結，石碑上正要熄滅的光芒，在消失以前射出一道光線，指向了一個方向。

艾德連忙拿出地圖比對了下，喃喃自語地說道：「光線所指示的方向是……妖精的領地？」

最重要的是，如果艾德沒有記錯，一直朝那個方向走，便能夠到達另一座光明神殿！

光線所指引的光明神殿……會找到他想要的答案嗎？

艾德沉寂的心湖頓時變得熾熱起來，從甦醒以後一直茫然無措的內心再次找到了前進的方向。

要不是身不由己，他現在便想立即啓程前往光線指示的地方，看看那裡到底有著怎樣的答案。

布倫特等人自然也想到光線指引之處也許能找到這一連串疑問的答案，只是讓艾德回到遺跡查探已經是他們越權了，在各族首領未對艾德的處置商量出一個結論時，其實他們不應該讓他亂跑。

因此這一次，即使出現那道明確指引了方向的光線，布倫特他們也不會再私自行動。他們只能把事情呈報上去，讓上頭定奪。

畢竟召喚了魔物的人類是魔法大陸上的罪人，他們不能夠因爲感情用事而過於偏袒艾德。

艾德也明白這點，他沒有向眾人提出任何要求。只是把這事情記在心裡，要是有機會的話，他一定要往光線指示的方向看看。

「艾德，原來你以前曾經與魔物戰鬥，你眞的太帥了！」埃蒙雙目發亮地說道。

人都有慕強心態，艾德外表病弱無害，戰鬥時的反差就更讓人覺得震撼了。

雖然在不久前，埃蒙也曾看過艾德戰鬥時的模樣，但遠遠不及在幻境裡統率一眾聖騎士與祭司時那樣，如此地出眾，也如此地光芒萬丈。

貝琳也對艾德刮目相看起來，相較於弟弟埃蒙，貝琳這個看似溫柔的少女其實更重視實力，她仰慕強者，艾德正是因爲之前的實力才入得貝琳的眼，現在嘛……貝琳超想跟他打一場，好好切磋一下！

不過想到祭司只有在面對魔物時才能展現出強大的殺傷力，貝琳便只得偃旗息鼓了。

丹尼爾看著艾德的表情也很複雜，即使他已經知道祭司並不如自己想像般軟弱無能，可是看過幻境中的戰鬥後，他這才知道原來祭司不是他所以爲的那種軟趴趴的生物，他們馴良無害的外表下，也是帶著銳利爪牙的！

至於布倫特，則是發出一聲可惜的嘆息。

看過幻象後，布倫特這才眞正感受到教廷的實力。他敢說大陸上的所有戰鬥力，在面對魔物時也絕對比不過聖騎士與祭司的殺傷力！

要是現在大陸上有著幻象中艾德曾經統領過的部隊，只怕他們奪回土地的速度會大大提升，也不會有那麼多英雄因爲被暗黑死氣侵蝕而失去寶貴的性命。

然而無論布倫特再怎麼惋惜，人類都已經滅亡了。魔物的剋星，這世上就只剩下艾德這個不知怎樣活了下來的祭司而已。

成功從石碑激發出艾德被封印的記憶後，眾人又仔細地查探了一番遺跡內部，卻遺憾地沒有發現到任何特異之處了。

艾德甚至再次割出一道傷口，把鮮血染上石碑。然而石碑再也沒有發生異狀，彷彿它已經完成自己的使命，變回一塊普通的石碑。

確定無法在遺跡取得其他收穫後，眾人改查探四周一番。他們並沒有過於深入，只在結界附近活動，以確保即使驚動了魔物，也能迅速逃到結界外。

然而他們查探了好一會，也沒有碰上任何魔物，就像這個區域的魔物都消失了似的。

「我們先離開這裡吧！」布倫特提議，畢竟繼續待下去，也只是浪費時間。

眾人離開魔物領地後，便把今天查探所得用魔法傳回各族裡。

此時夜已深，眾人來到艾德甦醒後第一晚住的地方搭起了帳篷，並生起篝火，隨意吃了些東西。

相較於第一次在這裡過的那晚，艾德與眾人的關係融洽許多。

除了丹尼爾以外，幾人都與艾德有說有笑，反倒是坐到一旁生悶氣的丹尼爾，更像是個被眾人排擠的人類。

雖然與艾德有過並肩作戰的情誼，但只要對方是人類，便不用指望丹尼爾能夠對他有好臉色。沒有出言挑釁，對丹尼爾來說已經算是客氣了。

尤其現在大家圍著篝火而坐，這場景讓丹尼爾想起艾德曾與他在燒烤時發生的衝突。

當時不知道丹尼爾是精靈與人類混血的身分，艾德嘲諷丹尼爾一點兒也不像優雅的精靈，這話可是正中丹尼爾最介懷的地方。

即使到了現在，身上不純淨的血脈仍是丹尼爾心裡的一根刺。他覺得無論艾德是一個怎樣的人，他也永遠不可能與對方好好相處。

艾德顯然也察覺到這一點，看到獨自坐在一旁、像匹孤狼似的丹尼爾，他完全沒有去哄對方的打算。

他明白丹尼爾爲什麼會看自己不順眼，可是要讓艾德熱臉去貼冷屁股，他無論如何也不願意。

誰不是家裡的小公主……不，小皇子呢？

對艾德來說，他們保持著這種河水不犯井水的關係已經很好了，再多的，他也不強求。

這次的篝火晚餐，艾德與丹尼爾保持著表面的和平，沒有再起衝突。

因之前魔物襲擊小鎮，眾人不知道結界內到底出了什麼問題，這晚大家都沒有睡得太死。在談及輪班守夜時，艾德再次毛遂自薦。

雖然他認爲大家應該會像之前那樣，婉拒他的要求。不過別人點不點頭是一回事，艾德自己想不想出一分力又是一回事。

艾德無法理所當然地接受在大家輪班守夜時，只有自己舒舒服服地待在帳篷裡呼呼大睡。即使他的提議最終會被駁回，可艾德還是表達出他想要幫忙的意願。

就在布倫特要婉拒艾德的幫助時，埃蒙卻先一步表態：「那就太好了！艾德可以與我一起守夜，我還想聽他多說說人類的事情呢！」

貝琳看了看埃蒙，再看了看艾德，在埃蒙懇求的眼神下，她笑道：「我也是，我與埃蒙都對人類的事情很好奇，守夜時正好我們可以與艾德聊聊天。」

聽到獸族姊弟的決定，丹尼爾皺起了眉。只是想到艾德那可憐的武力值，又覺得能夠讓獸族姊弟高興的話，答應艾德的要求也無妨。反正這傢伙是絕對打不過埃蒙與貝琳的，因此雖然丹尼爾不想同伴與艾德這個人類太親近，但最終也沒有反對。

見丹尼爾臉上陰晴不定，隨即又默認了艾德的毛遂自薦，布倫特不由得有些訝異，他還以爲對方會反對呢！

不是有句話嗎？我看到你不高興，我便高興了。

丹尼爾對艾德的態度，似乎已經不知不覺變得寬容起來，然而這點丹尼爾身爲當事人卻還沒察覺到。

布倫特樂於看到同伴能與艾德好好相處，詢問艾德：「那你今晚就與埃蒙、貝琳一組守夜吧，可以嗎？」

艾德原本預想著自己會被拒絕，想不到這次的提議出乎意料地被欣然接受，這讓他心裡激動萬分，生出了被眾人認同的感覺，微笑著點了點頭。

這一晚，沒有出現意外地安然度過了，彷彿那些逃出結界的魔物如眾人猜測般，全都闖入小鎮。眾人在結界外露宿一晚，並沒有受到任何在外遊蕩的魔物襲擊。

一行人吃著早餐，正在商量是否回小鎮待命之際，一眾冒險者都接收到了來自各族高層的通訊，向他們下達了對艾德的處置。

高層的決定是：讓冒險者們把艾德帶到妖精原野，對艾德的判決將由妖精的母樹決定。

眾人對這個命令感到很驚訝。母樹作爲妖精的「母親」，她擁有強大的能力，還能夠以人形的靈魂狀態到處行動。然而自從當年爲了設立結界而耗盡力氣，母樹便陷入了漫長的沉睡中。

雖然近年意識有復甦的跡象，可是離她甦醒還需要很長的時間，現在的她就與一棵普通的樹無異啊！

他們要帶艾德過去，讓一棵樹來定奪？

貝琳想了想，猜測：「他們的意思，會不會是想看看祭司的力量能否對母樹有所幫助？」

眾人聞言頓覺茅塞頓開，都覺得貝琳眞相了。

在對抗魔物的過程中，所有種族要數妖精族的犧牲最大。畢竟整個妖精族可說是以母樹的力量撐起來的，妖精們戰鬥力弱小，而且還只有小孩子的心智。要是在母樹陷入沉睡後，其他種族欺壓妖精的話，他們根本沒有任何反抗能力。

幸好各種族都很厚道，這種事情沒有發生，甚至還因爲顧念著母樹的犧牲，而對妖精們特別關照。

畢竟英雄，都是讓人敬佩的。

事實上，貝琳的猜測與事實已經很接近。

原本首領們一開始是想對艾德嚴刑審訊，然而思考到艾德也許是光明神教留下的後手，把人留下來說不定會有用處；再加上一眾冒險者經過接觸後，都願意爲艾德的人品擔保，他們便改變了主意。

如果艾德能夠對母樹的狀況有所幫助，並且讓妖精族判斷他這個人可信的話，那他們也不介意給予人類將功贖罪的機會。

說不定這個突然出現的最後人類，會爲世界帶來奇蹟。

得知首領們對艾德的處置決定、特別是那句「所有冒險者都爲艾德的人品擔保」後，無論是布倫特、貝琳，還是埃蒙，都不約而同地偷偷看了丹尼爾一眼。

對方明明很討厭艾德，他們很意外丹尼爾竟然也有爲艾德說情。

到底是丹尼爾已對艾德另眼相看，還是因爲他就是這麼公私分明的人呢？

也許兩者都有吧？

畢竟與丹尼爾相識這麼久，已足夠他們了解到對方是個面惡心善的人了。

不過得知丹尼爾有偷偷爲艾德說情，他們再看到丹尼爾面對艾德時故意展露出來的惡劣態度時，實在忍不住想笑啊！

當布倫特把眾首領的決定告訴艾德時，艾德這段日子裡一直緊繃的心情終於放鬆下來。

艾德聽說過妖精的母樹，在他生活的時代，母樹還沒有因爲耗盡力量而沉睡，當年的她經常用著人形到處跑，聽說那是個如同少女般保持著赤子之心、溫柔又善良的女性。

艾德堅信即使母樹已陷入沉睡，保留下來的只有她的本能與稀薄意識，可只要自己從未作惡，這位令人敬佩的女性是不會因爲對人類的不滿而遷怒到他身上的。

相較於剛甦醒那時的迷茫，現在艾德重新有了追求，精神面貌可謂變得完全不同了。

最初的時候，艾德覺得怎樣都無所謂了，他不想面對人類已經消失的現狀，不想活在失去所有親朋好友的這個世界。

對於失去的記憶，艾德其實沒有太大的執著，甚至有時候覺得沒有了記憶也挺不錯的。

反正他重視的、所愛的人全部不在了，那倒不如忘掉過往，把那些甜蜜的、現在回憶起來會幸福得想要流淚的記憶全都鎖起來，假裝這些事物從未發生過，也就不會感到痛苦了。

到底人類是怎樣滅亡的，是不是人類召喚了魔物……這重要嗎？人類都沒了，眞相是怎樣其實也不用太在乎了吧？

可很快艾德便發現，這其實都只是他在自欺欺人而已。

那個沒有記憶的他，也是他的一部分。故意僞裝成不在意，想要心安理得地遺忘，裝作豁達地展開新的生活。

可，眞的不在意嗎？

其實是非常非常在意的，在意得不得了。

艾德終於醒悟到他需要的不是忘記過往，而是心懷勇氣地面對眞相。

只有看清楚眞相，他才能夠沒有任何遺憾地展開新的生活。即使所有重要的人已經不在，可艾德願意重新去尋找新的牽絆。

身爲最後的人類，他有責任爲人類滅亡的空白塡上一個答案。同時，艾德也想在對抗魔物的戰爭中出一分力。

說不上是贖罪，他只是想要堅定地去走自己的道路而已。

這是他的心之所向。

《光之祭司 01 最後的人類》完

✧後記

大家好，新系列《光之祭司》來與大家見面了！

這次的後記，想與大家談談構思這個故事時的一些想法。當中也許會有劇透，建議大家先閱讀內文後再來看後記！

之前一直很想寫寫以祭司作主角的故事，相較於擅長攻擊的角色，我其實對於輔助類的角色更有興趣。

主角不需要擁有很強悍的實力，卻仍能在團隊中有著不可取代的地位。對於其他同伴來說，即使沒有強大的攻擊力也是重要的伙伴呢！

主角團隊除了珍稀的人類外，還有擁有尖長耳朵的精靈、有獸耳與尾巴的獸族、有龍角的龍族……不知道大家喜歡哪種XD

不過艾德與其他系列的主角相比，眞的很可憐啊……畢竟在大部分同伴眼中，作爲人類的他一開始的好感度是負分耶……

不過看主角如何攻克這些小伙伴，讓同伴們大呼「眞香」，也是一件很有趣的事情呢！

至於故事背景的靈感，一開始在構思世界觀時，我想讓主角面臨一個比較特別的處境。

我很喜歡動物，因此追蹤了不少動物相關的專頁，那時候正好便看到一篇有關費南迪納巨陸龜消失百多年以後，人們終於找到牠的蹤影的新聞。

看到這隻世界上最後存在的費南迪納巨陸龜，我不由得感慨沒有任何事物是永恆的。說不定在將來，人類也會是瀕臨滅絕的生物，然後被其他生物視作珍稀物種來研究與保護吧？

於是，這想法便成爲了《光之祭司》背景設定的靈感。可憐的主角艾德，就因

爲這樣而成爲「最後的人類」了。

回想之前寫的系列，從《門主很忙》、《青鳥物語》到《炮灰要向上》，有一段頗長的時間都在寫主角的戀愛故事。

這次的「光祭」會著重於冒險，讓大家被閃盲的眼睛可以好好休息一下。

另外看到臉書專頁中有讀者反應，希望能夠再出比較長篇的系列。其實「炮灰」也有八集啊，不過也許快穿的故事一集便會完結一個穿越世界，給大家的感覺比較零碎，所以讓人覺得這不算是長篇？

有鑑於此，新系列會有至少八集的長度，滿足一下想看長篇故事的朋友喔！

如果大家對小說有任何意見或感想，也歡迎你們到我的臉書專頁「香草遊樂園」留言。雖然我未必全部都能夠回覆，但一定所有留言都會看呢。

希望大家會喜歡這個新系列，一起參與艾德的冒險吧！

香草

光之祭司
Priest of Light

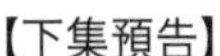

【下集預告】

✦光之祭司✦

傳說，人類打開了魔界之門，
不僅召喚出恐怖魔物、得罪所有種族，更滅亡了自己，
這片魔法大陸上，從此一人不剩……

艾德被押送到妖精原野，接受妖精們的審判。
面對陷入沉眠的妖精母樹與犧牲甚巨的妖精們，
身爲人類的他，能夠獲得寬恕嗎？

艾德與冒險團的夥伴來到了另一座光明神殿，
在那裡，艾德竟獲得了一件意想不到的寶物……

老好人　痞氣的　很不獸族　溫柔又矜持的
龍族隊長＋精靈弓箭手＋獸族殺手＋人族「全民公敵」
魔法大陸的問題，可不僅僅只有魔物啊！

VOL.2.〈靈魂誓約〉
～2020年秋，敬請期待～

國家圖書館出版品預行編目資料

光之祭司／香草 著.
——初版. ——台北市：魔豆文化出版：蓋亞文化發行，2020.07
冊； 公分.（Fresh；FS178）
ISBN 978-986-98651-3-5（第一冊：平裝）
857.7 109009119

作 者 香草
插 畫 阿蟬
封面設計 克里斯
主 編 黃致雲
總編輯 沈育如
發行人 陳常智
出版社 魔豆文化有限公司
發 行 蓋亞文化有限公司
地址：台北市103承德路二段75巷35號1樓
電話：02-2558-5438 傳真：02-2558-5439
電子信箱：gaea@gaeabooks.com.tw
投稿信箱：editor@gaeabooks.com.tw
郵撥帳號 19769541 戶名：蓋亞文化有限公司
法律顧問 宇達經貿法律事務所
總經銷 聯合發行股份有限公司
地址：新北市新店區寶橋路二三五巷六弄六號二樓
電話：02-2917-8022 傳真：02-2915-6275
港澳地區 一代匯集
地址：九龍旺角塘尾道64號龍駒企業大廈10樓B&D室
電話：+852-2783-8102 傳真：+852-2396-0050
初版一刷 2020年 7月
定 價 新台幣 199 元
Published and printed in Taiwan

ISBN 978-986-98651-3-5

魔豆

魔豆

魔豆

魔豆

魔豆

魔豆

香草——著

阿蟬——插畫

當年的那個弟控

Priest of Light

光之祭司

2020特典

安德烈是布倫特的第一個人類好友，也是最後一個。

人類的壽命對於龍族來說實在過於短暫，在與安德烈交好時，布倫特已經有了這個好友會早他很多離開世上的心理準備。

只是布倫特卻從未想過，安德烈的一生會是這麼短暫。

就像當年的他一定沒有預料到，他會在很久很久以後像現在這般，與好友的弟弟艾德成為同行的旅伴。

這眞是一件不可思議的事情，想不到這麼多年以後，他還能夠與別人一起談談那位傑出又性格的人類君王。

艾德很喜歡詢問布倫特與安德烈的過往，他非常崇拜安德烈，想要了解安德烈所有他不知道的一面。

每次布倫特提及安德烈的往事時，艾德都聽得津津有味。

艾德捧場的表現，更助長了布倫特的談興，結果一不小心便說漏了嘴：「記得你曾經因為教廷出任務的問題與安德烈吵架，當時安德烈既生氣又拿你沒奈何的模樣眞是太有趣了！」

艾德聞言驚訝道：「那時候布倫特你在場嗎？可是……你不是說以前從沒見過我？」

布倫特面無表情地用著肯定的語氣說：「不！我以前與你從沒見過面沒錯，那些都是聽安德烈說的。」

艾德：「？？？」

可是聽布倫特剛剛的語氣，簡直就像在現場似的啊？

布倫特連忙再改說其他安德烈的往事，總算把艾德的注意力移開。

趁艾德不注意時，布倫特悄悄抹去了額上因爲緊張而出現的汗水。

他絕對、絕對不能讓艾德知道，當年那個陪同他哥去阻攔他、被他稱爲「未來嫂嫂」的女人就是自己！

絕對不能！

布倫特忍不住回想起與艾德初次見面時的往事。

記得那天陽光明媚，有著天朗氣清的好天氣。

來到與安德烈約定的地點，布倫特沒有等待太久，便見他正等待的人穿著斗篷騎馬而來。

布倫特見狀不由得笑了：「嘿！你穿成這樣子不熱嗎？」

來人脫掉斗篷，露出一張神采飛揚的英俊臉龐。這位騎馬而來的青年，正是這個國家的皇帝安德烈！

面對友人的嘲笑，安德烈無奈地聳了聳肩：「沒辦法，那些老傢伙太煩人了，我只能偷偷跑出來。」

布倫特笑道：「可憐可憐你的老臣子吧！要知道皇帝陛下老是喜歡到處跑，已經讓他們很頭痛了，現在還與性格特別暴躁的火龍混在一起，一定讓那些忠心的老人操碎了心。」

安德烈忍不住把平常學習的禮儀拋諸腦後，很沒儀態地翻了翻白眼：「他們總不能期待我長年待在城堡，哪裡也不去吧？而且你脾氣暴躁嗎？怎麼我覺得你的老好人程度，都快要比得上那個像聖父般的大祭司了呢？」

布倫特驅使坐騎來到安德烈身旁，與他並肩而行，邊取笑友人道：「你還在生大祭司的氣嗎？你再這麼鬧下去，那些大臣們的頭都要苦惱得禿了！」

安德烈抱怨道：「實在是大祭司太不仗義了！我讓他幫忙照顧弟弟，結果那傢伙卻把艾德編進這次教廷的任務裡！我家艾德那麼小、那麼可愛，身體還那麼虛弱，怎能讓他出任務呢？還說要治療傷患，艾德自己本身就是個病患了，他才應該是被照料的一方！」

布倫特與安德烈認識有一段日子了，已經很習慣這傢伙的弟控屬性。他中肯地說道：「雖然我沒有見過艾德，不知道他的身體狀況到底惡劣到怎樣的程度。但我想大祭司作爲他的老師，自然也是愛護學生的。既然大祭司認爲艾德可以勝任，而艾德本人也想要出任務，你應該放手讓他試試。」

聽到布倫特的勸導，安德烈悶悶不樂地說道：「不，布倫特，你不明白……艾德是我唯一的親人了，那孩子從小受了這麼多苦，我無法忍受他遇上任何危險。」

說到這裡，安德烈的聲音低沉下來：「也許是我的自私吧，並不是艾德離不開我，而是我無法失去他。」

對弟弟有著強烈責任感的安德烈，在這段路途中開始向布倫特說起艾德出生時候的事情。

安德烈比艾德大六歲，因此在皇后懷孕時，他已經懂事了。六歲的孩子能夠記得很多事情，尤其安德烈從小便比其他孩子聰敏，又接受著皇室的菁英教育長大，更是小小年紀就像個小大人一樣。

安德烈記得很清楚，那一年人類的國度迎來了一場非常慘烈的戰爭。

那是在魔法大陸歷史上，魔物第一次來到這個世界的日子。

魔界與魔法大陸原本是兩個不同的世界，然而不知道爲什麼彼此連接了起來，人類帝國的皇城中出現了連接兩個世界的空間裂縫。

當時人們對魔物的存在一無所知，完全不知道該怎樣抵抗魔物的攻擊。大量平民被屠殺、戰士在戰爭中壯烈犧牲。皇城瀰漫著從空間裂縫中洩露出來的暗黑死氣，人們的恐懼更是壯大了魔物的力量。原本繁華的皇城，到處都是血腥與死亡……

那時安德烈年紀太小，在魔物入侵時，他除了哭泣以外什麼也做不到。

在皇城因魔物侵襲而陷入一片戰火之際，身爲劍術高手的皇帝決定御駕親征。

雖然皇帝是人類帝國中數一數二的高手，然而他的實力在魔物面前卻大打折扣。那時候人們並不明瞭魔物的恐怖，安德烈的父皇在這場大戰中受了重傷，傷口受到暗黑死氣的侵蝕，最終傷重不治。

年幼的安德烈在城堡裡等待著父皇凱旋歸來，然而他從未想過，等來的會是一具冷冰的屍體。

當時皇后正懷著艾德，她與皇帝鶼鰈情深，得知丈夫去世後自是悲痛萬分。只是她卻沒時間悲哀了，魔物不斷從空間狹縫中擁出，即使她傷心得快要暈厥、即使她肚子裡還有著未出世的小皇子，可她卻顧不得這些。她得堅強起來，肩負起領導人民的責任。

軍隊正在抵禦著魔物的入侵，現在首要任務是把空間裂縫封印起來。皇后強忍失去丈夫的悲痛，打起精神與一眾大臣商議。

最後他們認爲既然魔物畏懼光明之力，那麼動用聖物的話，說不定便能封印空間裂縫。

安德烈非常擔心皇后的身體，一直在會議室外等候，後來不知不覺睡著了。即使在睡夢中，安德烈也很不安穩，雙眼浮腫，顯然是偷偷地哭過了。原本無憂無慮的小皇子彷彿一瞬間長大，感受到人間的悲痛。

在睡夢中，安德烈感到一雙溫柔的手摸了摸他的臉龐，迷迷糊糊地睜開眼，便迎上了皇后慈愛的雙眸。

看到安德烈醒來，皇后露出溫柔的微笑，道：「安德烈，你這樣子會感冒的，回房間睡吧。」

安德烈揉了揉眼睛，卻因爲擔心皇后而不願意離開，強撐著睡意詢問：「母后，你們已經談完了嗎？」

皇后摸了摸安德烈的頭，道：「我們已經決定啓用聖物，別擔心，事情很快就會結束了。」

傳說聖物擁有強大的力量，是光明神降臨這個國家時賜給皇族的寶物。安德烈也知道聖物的存在，來自光明神的珍貴饋贈正存放在城堡裡。

得知國家決定動用聖物後，安德烈便覺得戰事很快就會結束，頓時露出了欣喜的笑容。

年幼的安德烈並不知道，只有皇室成員才能啓動聖物的力量，那便代表著，他與皇后之中，其中一人須要親自帶同聖物前往被死氣籠罩的裂縫進行封印。

安德烈太小了，皇后還懷著孕，無論誰當那名獻祭者都有著很大的危險。皇后在兩者之間，選擇了犧牲自己與她腹中的胎兒。

雖然這個選擇有些對不起腹中的孩子，但在皇后心中，已經有了幾年相處、從小看著長大的安德烈顯然重要得多。

皇后是個堅毅的女人，她不僅成功利用聖物切斷了魔界與魔法大陸的連接，還成功在戰場產下了小皇子。

是安德烈一直期待的弟弟，可惜這個弟弟卻無法與他一起玩耍。

只因那個孩子出生時身體受到死氣侵襲，實在是太弱了。

女人懷孕生子本就是與死神擦身而過，更何況在戰場中皇后吸入了不少死氣，生下兒子後已油盡燈枯。

而她用性命產下的小兒子，則因爲魔物的攻擊而天生帶有暗黑死氣，這股死氣將會一輩子糾纏著他。

安德烈對此一無所知，他只知道皇后成功封印空間裂縫，還生下了弟弟，正在高興著呢！很快，僕從前來告知他皇后已經回到城堡，並帶他去見皇后。

見僕從神情凝重，而且還帶著隱瞞不住的哀傷，安德烈臉上的笑容凝固了，心裡生起一股不祥的預感。

忐忑不安地尾隨著僕從來到了皇后房間，剛踏進去安德烈便嗅到一種說不出來的……死亡將要來臨的氣味。

皇后憔悴地躺臥在床上，安德烈並沒有看見他剛出生的弟弟。然而此時他已經完全想不起別的，看到皇后那張滿布死氣的臉，小小的男孩心裡已經有了預感，跑到床邊緊緊抱住了皇后的手臂，哭得幾乎喘不過氣。

房間裡還有一些與皇后親近的僕人，以及一些大臣，皇后已經交代過後事，這些人便退了出去，把空間讓給這對母子。

皇后露出了溫柔的笑容，伸出手一如以往般撫了撫孩子的頭，眼中滿是不捨與擔憂：「我眞擔心啊……我就這麼走了的話，留下你該怎麼辦？」

安德烈用衣袖狠狠抹走了眼淚，大聲說道：「那就不要走！」

皇后嘆了口氣：「我眞想留下來啊……看著你與艾德長大……」

看到皇后眼神開始渙散，安德烈心裡慌亂，他緊緊抱住母親啜泣。

皇后嚥下最後一口氣，不捨地閉上雙目，永遠離開了人間。

失去了父母，這對安德烈來說是一個很大的打擊。

國不可一日無君，很快安德烈便成爲了國家的新皇。年幼皇帝上位，幸好大臣都很忠心，國家也處於國泰民安狀態，給予了安德烈好好學習的時間。

此時，國內開始出現一些崇拜魔物的邪教，他們致力再次連接魔界。幸好聖物的力量仍在，即使兩個空間偶爾連接上了，也會很快中斷；加上有了對付魔物的經驗，若有零星魔物入侵也不足爲懼，倒是沒再出過亂子。

安德烈身爲新皇有太多事情須要學習，這對他來說未嘗不是一件好事。畢竟越是忙碌，便沒那麼多時間想起失去父母的傷痛了。

只是每天忙碌之餘，安德烈總會忍不住想起艾德，那位他在這世上唯一的親人。而被安德烈心心念念著的艾德，卻遲遲無法與兄長見面。因爲出生時身體太過虛弱，這小嬰兒數度瀕臨死亡，無時無刻都要面對死神的威脅。安全起見，艾德一直待在一個治療用的魔法裝置裡。

等艾德情況逐漸穩定下來，安德烈終於首次看到他的弟弟時，已經是一個多月以後了。

安德烈第一次看到艾德時，其實是很失望的。

完全不是他所想像的白白胖胖的可愛嬰兒，眼前的孩子就像剛出生的小貓，明明已經一個多月大了，卻異常瘦小。皮膚蒼白，青色的靜脈清晰可見。小小的手腳看起來一折就斷。不僅身上沒有多少肉，雙眼還好像睜不開一般……

怎麼看，這嬰兒完全與「可愛」兩字沾不上邊，甚至還頗爲醜陋。

一開始安德烈是不怎麼喜歡這個弟弟的，畢竟人們喜歡漂亮的事物，更何況小孩子更加是好惡分明。只是這醜醜的嬰兒終究是自己的弟弟，因此安德烈每天都會抽出時間來看看他。

他看到了這個小嬰兒如何在病痛折磨下一天天地長大。這孩子每天都在死亡線上掙扎，一個小小的感冒便能要了他的命；咳血是家常便飯，甚至小小的擦傷也會因爲感染而造成差點截肢的嚴重程度。

安德烈曾有一段時間不敢去看這個孩子，只因每次看到對方活得那麼痛苦，他便有著深深的悲傷與無力感。即使他已經漸漸成爲一名合格的王者，年紀輕輕便把國家打理得井然有序，然而艾德的存在，卻總在提醒著他這名王者到底有多無能，連自己唯一的親人也保護不了。

然而強大的意志與信念，註定安德烈不會是一個就此消沉下去的人，不然他就不是那個在父母雙亡後、小小年紀便肩負起一個國家責任的君王了。

經過一段自怨自艾的日子後，安德烈想通了。既然如此幼小的艾德都這麼努力地想要生存下去，那麼身爲哥哥的他，怎能不更加努力？

雖然艾德身體的問題無法根治，可安德烈不想就這麼認命。他想了很多方法，從魔法到鍊金術……最後求助於教廷的大祭司。

大祭司早已知道艾德的事情，他的力量對艾德也的確能夠有所幫助。雖然無法完全治癒，卻能夠讓他活得輕鬆一些。

只是大祭司事務繁忙，不能經常前來城堡看顧艾德，於是在艾德的身體狀況更加穩定以後，大祭司提出讓艾德前往教廷居住的建議。

安德烈一開始是不同意的，這些相依爲命的日子，已經讓安德烈把艾德視爲生命中最重要的人。對於妥妥變成了弟控的皇帝陛下來說，不把艾德放在身邊養育，實在是一件無法接受的事情！

然而爲了艾德好，安德烈再不捨也只能放手。

自從把弟弟送到教廷，安德烈便開始了每天與大臣鬥智鬥力、偷溜出去看弟弟的日子。

大臣們想不到安德烈會對這個病弱的弟弟如此執著，每天都被他騰鬧得胃痛！艾德甚至一直使用著皇子的稱號。最早是因爲幼主登基等等事務實在太忙亂，根本無人有餘力想起艾德。

到安德烈順利登基了，又因爲這孩子眞的太病弱，眾人都怕一個冊封親王的儀式便能勞累得要了對方的命，而且這孩子說不定很快就會夭折，於是沒有往這件事上折騰。

後來艾德被安德烈送去教廷，接著這孩子漸漸長大，安德烈捨不得對方封了親王就得遷移到領地居住，便把這事無限期擱置：「待我要大婚時再說吧。就讓小艾德再當幾年皇子，反正我大他那麼多，又是看著他長大的，也跟當爹差不多了。」

即使這些年一眾大臣已經被任性的皇帝搞得沒了脾氣，聽到安德烈的決定後還是覺得胃很痛。

陛下，醒醒吧！你只比殿下大六歲而已！怎麼就當爹了呀？

然而安德烈除了有些任性以外，當皇帝實在沒話說。何況這位年輕的皇帝是那種你愈是反對，他便愈是反彈的性格，於是這事情便由了他……

安德烈對艾德是真心疼愛的，尤其那小傢伙在教廷把身體養得不錯後，便能夠看出他的長相與安德烈非常相似。這怎樣也斬不掉的血緣關係，是安德烈在世上最大的牽絆。

大祭司不只一次感慨，幸好艾德是個好孩子，即使被安德烈這麼無條件地寵溺著長大竟也沒有長歪。

這孩子甚至還非常貼心，性格也很好。雖然病痛曾經令他失去了笑容，可是艾德還是挺過來了。他堅強地面對病魔，並且有著一顆信仰虔誠的心。他還是個善良的孩子，一直努力學習各種祭司的技能，想要去幫助有需要的人。

艾德的努力，也帶動著安德烈更加上進，這也是為什麼大臣們容忍皇帝三不五時偷跑出去找弟弟的行徑。畢竟艾德的存在，確實把安德烈往好的方向引領。

不……應該說這對兄弟互相扶持，在艾德小時候因為病痛而想要放棄生命時，是安德烈成為了他生存的支柱，給予他活下去的勇氣。

這對兄弟相依為命，把對方視若生命。想不到在艾德提出要跟隨教廷的大部隊出外救死扶危時，安德烈卻不允許，兩人因為理念不同而大吵一架。

其中便以安德烈的好友布倫特最倒楣，一不小心便被殃及池魚。因為打賭輸了，被安德烈拉著出來抓弟弟。

是的，抓弟弟，這傢伙打算直接把即將出發的艾德抓回城堡裡關著！

雖然布倫特從未見過艾德，可是好友是個弟控呀！每次與好友見面時，對方都在嘮叨著艾德怎樣怎樣的，布倫特大約也知道艾德是個怎樣的人。

這個少年的信念很堅定，信仰亦很虔誠，布倫特不認爲好友強硬地禁止艾德參與教廷活動會有什麼好結果。

只是現在安德烈滿腦子都是將要失去親人的恐懼，別人說的話他完全不願意聽；再加上這是對方的家事，布倫特也不好多嘴。

想到這裡，布倫特便嘆了口氣。

只希望這對兄弟能夠快些和解吧！

兩人很快便來到了教廷的總部，這裡同時也是艾德除了城堡以外的另一個家。

來到目的地後，原本一副氣沖沖要把艾德抓回城堡關起來的安德烈，卻顯得有些猶豫了。他在教廷門外徘徊許久，就是不進去，看起來眞的可疑得很。

要不是安德烈經常來看艾德，門守衛認出這位是皇帝陛下，只怕已經把他當作可疑人士抓起來了。

布倫特無奈地看著之前氣勢洶洶撂下狠話、結果還沒面對艾德自己便先慫的安德烈，道：「你要是不進去，那我們離開好了。」

安德烈打氣地拍了拍臉頰，道：「不！這次一定要讓艾德打消作死的念頭！」

布倫特很想反駁他，之前不是信誓旦旦地說要把人抓回家關起來嗎？怎麼突然又變成只是讓他打消念頭了？

連人都還沒見到，你要不要這麼慫！

雖然心裡笑著安德烈的色厲內荏，只是布倫特私心也希望這對兄弟快些和好，便沒有多說什麼。

誰知道他沒有取笑對方，麻煩卻還是找上他了。只見皇帝陛下拿出一瓶魔藥，遞給布倫特道：「你是龍族，進入教廷總部也許會惹來些麻煩，爲免節外生枝，還是喝變形魔藥僞裝一下吧！」

布倫特有些不情願地接過魔藥，對於龍族來說，魔藥實在是討厭的東西。龍族擁有非常堅硬的鱗片，無論是物理還是魔法的攻擊都難以傷害到他們。

然而再強大的生物也是有弱點的。比如龍族的逆鱗，比如他們那可憐兮兮、幾乎可說是零的抗藥性……

是的，龍族不怕魔法攻擊，可是對於喝入口的魔藥卻完全無法抵抗！

正因爲魔藥是龍族的弱點，因此他們一般是不會隨意喝下任何藥劑的。只是出於對安德烈的信任，布倫特雖然有些猶豫，還是喝了。

然後……很快他便後悔。

誰能告訴他，爲什麼他會變成一個胸大腰細的美女呀呀呀！

安德烈身爲始作俑者，卻也顯得很驚訝：「啊……不愧是變形魔藥，你果然變得連你媽都認不出你了呢！」

布倫特微笑著舉起拳頭：「我也可以把你揍得連你弟都認不出喔！想試試嗎？」

「不不不！」安德烈連忙搖手，求生欲很強地立即解釋：「我眞不是故意的！這魔藥我是從城堡偷出來的，當時太急，只知道是變形魔藥，沒去了解喝下去會變成什麼……」

布倫特聞言嘴角一抽：「不知道魔藥的詳情便拿給別人喝，你心也太大了。我該慶幸這魔藥只是把我變成女人，而不是變成一隻蟑螂嗎？」

而且聽安德烈剛剛的話，他在城堡偷取魔藥顯然不是第一次了。布倫特眞同情那些大臣，說不定他們早禿也是因爲這個任性的皇帝！

在安德烈再三道歉之下，布倫特最後還是心軟原諒了他。只是讓安德烈發誓這次的事情一定要爛在肚子裡，絕對絕對不能讓別人知道他曾經變成女人！

安德烈連連保證不會有第三人知道，這才讓布倫特輕輕放過這件事。

魔藥藥效有時限，布倫特可不想在眾人面前突然性轉，便催促猶豫不決的安德烈：「進去吧，抓回家關著也好，不讓他出任務也好，你都得與艾德好好談談。」

安德烈頷首，便昂首闊步地找弟弟去，高傲的模樣滿像去找碴的。不過布倫特之前親眼看見他在教廷門前繞圈的慫樣，只覺得對方在用生命演繹出什麼叫「外強內乾」啊！

可以說安德烈硬要拉著布倫特一起進去，是眞的很有先見之明。實在是兄弟倆之間的氣氛非常僵，完全沒有以往的親密無間。也許若不是顧忌旁邊還有別人，立即就會吵起來。

在安德烈心中，弟弟的身體這麼差，竟然還想跟著大部隊去救傷扶危，根本就是熊孩子拿自己的身體來開玩笑。

在艾德心中，則是安德烈把他管得死死的，讓他沒有絲毫自由。他是個祭司，可安德烈卻不允許他實踐祭司的天職！

看事物的觀點與角度不同，造成他們在這件事上無論如何都無法取得共識。雙方急需一個緩衝的角色，而這便是布倫特此次前來的工作。

布倫特是初次與安德烈老是掛在嘴邊的弟弟見面，眼前的少年長相精緻漂亮，有著與安德烈如出一轍的淡金髮色與紫藍眼瞳。

也許因爲身體不好，艾德比一般同齡人瘦小，臉色透著不健康的蒼白，但卻是個如天使般漂亮的孩子。也難怪安德烈這麼不放心，這孩子像一件精緻又脆弱的藝術品，應該被小心翼翼地呵護，而不是放到外面去承受風吹雨打。

艾德也對布倫特投以好奇的視線，看到安德烈沒有介紹身邊人的意思，便好奇地詢問：「皇兄，這是未來嫂嫂嗎？」

安德烈：「……」親愛的弟弟，我對你不好嗎？你爲什麼要這麼害我！

布倫特：「……」好氣喔！但還是要微笑。

假咳了聲，安德烈解釋：「你別誤會，她只是我的朋友。」

說罷，安德烈便說起正事，神情變得嚴肅起來：「艾德，你依舊要堅持己見嗎？你就不能乖乖待在皇城？想要爲病人治病的話，留在皇城也一樣可以做到。」

艾德卻不同意安德烈的看法：「那是不同的！皇城的人民大部分生活富裕，不缺治病的錢。即使看不起病，也能到教廷尋求協助。我們要去的是沒有教廷分部駐守、較爲貧困的地區。」

安德烈道：「問題就是因爲你要去的是貧困地區！那裡條件不好，萬一你在外面太勞累病倒了呢？你就不能留在皇城嗎？我也能夠安心。」

艾德反駁：「大祭司也在隊伍中，沒有什麼地方比留在老師身邊安全。何況，不能所有人都想著留在皇城享福，有些事情總要有人去做的！」

安德烈的火氣上來了：「那就讓別人去做！」

艾德也有些生氣：「既然如此，爲什麼那個人不能是我呢？」

一旁的布倫特，完全被兄弟倆遺忘了。

布倫特聽著兩人互不相讓的爭吵，怎麼這麼像青春期的兒子對上更年期的老父親呢？

哎呀……吵起來了……

就在被二人遺忘了的布倫特開始走神之際，兄弟倆的爭吵開始進入白熱化。

艾德說道：「我已經長大了！你可不可以別這麼專制？」

安德烈冷笑：「你以爲我想管你嗎？要不是……」

糟糕！

布倫特心裡一驚，人們生氣時往往會口不擇言。他有預感無論安德烈接下來要說的話是什麼，一定會是些傷人的話。

布倫特反應很快地接道：「要不是安德烈如此深愛著你，他也不會把你管得這麼緊。」

聽到這話，艾德與安德烈兩人都愣住了。

布倫特煞有介事地向艾德說道：「是眞的，艾德，安德烈最重視的人是你。他總是把你的事情掛在嘴邊，要知道我身爲安德烈的好友，對你的事情都如數家珍了。」

說罷，布倫特還說了一些從安德烈那裡聽來的、有關艾德的事情。都是些生活上的小事，然而卻被安德烈珍惜地記掛在心裡，當作寶物般向好友分享。

聽到布倫特的話，艾德心裡不由得歉疚起來。

他當然知道安德烈很愛他，之所以這麼強烈地反對，也是因爲擔心他的身體。自己用這麼惡劣的態度來回應對方的擔憂，這樣做實在很不好。

安德烈看到艾德一臉內疚，小心翼翼地打量著他臉色的模樣，頓時心軟得一塌糊塗，同時又非常慶幸。

要不是布倫特打斷了他的話，安德烈便會說些很惡劣的話語。

當時被激烈的情緒蒙蔽了雙眼，現在只要一想起自己對寶貝弟弟惡言相向的模樣，安德烈便覺得自己真是個混帳！

明明他阻止艾德的初衷是想要保護他，可自己怎麼卻又想用言語去傷害他呢？

布倫特看到兄弟倆冷靜了下來，應該能夠心平氣和地好好談。他們一改先前的劍拔弩張，開始黏黏糊糊起來，布倫特頓覺自己的存在很多餘，便道：「你們好好談談吧！我先出去等你們……」

「別走！」

一大一小各自伸出了手，分別把布倫特的一雙手臂抓住了。

布倫特：「……」

最後布倫特還是留了下來，見證著安德烈最終尊重了艾德的決定，讓這隻一直被他護在羽翼下的小鳥飛往更加廣闊的天空。

布倫特離開時，艾德笑咪咪地向他說道：「這次真是太感謝妳了，下次有機會，與皇兄一起再來找我玩喔！」

布倫特微笑著欣然答應，那時候他們卻不知道，這個約定永遠不可能實現了。

在人類滅絕以後的此時，布倫特想不到自己竟還能與艾德坐在一起，懷念那位已經逝去的好友。

當年的人類皇帝鮮衣怒馬，臉上的笑容是年輕人特有的神采飛揚。

這已經是很久以前的故事了。

〈當年的那個弟控〉完

光之祭司

特典

光之祭司01　首刷特別附錄

當年的那個弟控

作者／香草
插畫／阿蟬
出版社／魔豆文化有限公司
地址◎台北市103承德路二段75巷35號1樓
電話◎（02）25585438　傳眞◎（02）25585439
部落格◎ gaeabooks.pixnet.net/blog
臉書◎ www.facebook.com/Gaeabooks
電子信箱◎ gaea@gaeabooks.com.tw
郵撥帳號◎ 19769541　戶名：蓋亞文化有限公司
發行／蓋亞文化有限公司
法律顧問／宇達經貿法律事務所
出版／2020年7月
Printed in Taiwan

魔豆